帶自己，去更好的地方

角子 著

帶自己，去更好的地方

「一定要帶自己，去更好的地方喔！」這是我每次回覆讀者從臉書私訊來的問題，最後一定會寫下的提醒。

因為多年來我也是一直這麼提醒著自己的。

也曾經在舉步維艱的時候，覺得自己真的沒有力氣再前進了；也曾經在心痛得無法呼吸的那一刻，不相信自己會再有任何幸福的機會了。

越愛的，就越容易犯錯。感情裡的錯，都是深愛的結果。而我們終究要從一場夢裡醒來，然後再努力走回到對的路上來——也不過短短幾個句子的路程，卻讓我們痛苦掙扎了那麼久……

好在，在總是淚眼模糊的視野裡，妳終於還是看清楚了。

妳寧可在這場離開裡苦得清清楚楚的，也不要困在一場不明不白的感情裡；妳寧可知道自己是正在一步一步地走出來，也不要一直看不到未來。

「角子，你是不是住在我心裡？為什麼那麼多我卡在心底說不出來的話，你都幫我說出來了！」有讀者在我的臉書留言。

其實我不是住在妳心底，我跟妳一樣住在這個星球，所以「愛」對我們都一樣，都一樣給我們過程，都一樣希望我們在過程學會，然後最後真的可以看見屬於自己的幸福。

最讓人開心的讀者來信，是告訴我她曾經在何時寫信給我，當時的她既絕望又傷心，正在用我的書作伴，然後她現在要告訴我的，是她後來真的找到了幸福。「謝謝你，角子」每當我看到這樣的結尾總是會開心得笑出來。

是我應該謝謝妳，謝謝妳讓我知道，自己的文字正在溫暖著一顆顆傷心的心。

這一路幫助過妳的——有給過妳鼓勵、聽妳訴苦的朋友；妳看過的那幾本書、幾場電影，裡面幫助妳又撐過去的那幾句話……妳一直很感謝那些人和物曾經給過妳的溫暖和幫助。

妳忘記感謝的，是最棒的「自己」。

其實一直都是妳「自己」，是妳決定不再讓那些挫折和悲傷繼續困住自己，是妳決定讓那些傷不只是傷，最後還成為了讓生命更精采的養分。

那就是「愛」在這一路上最希望我們收到的，它從來都不是要阻止我們，它希望我們繼續努力前進，因為那些妳該前進的，都有它應當前進的理由。

直到我們真的奮力前進了，妳總會發現的，發現自己最後不只做到離開，還到了更好的地方，找到更好的幸福。

在那條愛跟夢想的路上，妳正走在哪裡呢？是正在努力離開，還是正在走向自己想要的幸福呢？

而在每一個人生疑惑、脆弱的時刻，又是怎麼告訴自己呢？

「帶自己，去更好的地方。」

這是我寫在這本書裡的，也是我最後想給妳的祝福。

而當妳翻開這本書，就是妳也已經答應自己了。

角子
11.16.2017

目 錄

Chapter 1. ________ **出發**

Chapter 2. _______ 答應自己

Chapter 3. ________ **你要的幸福**

Chapter 1.

出發。

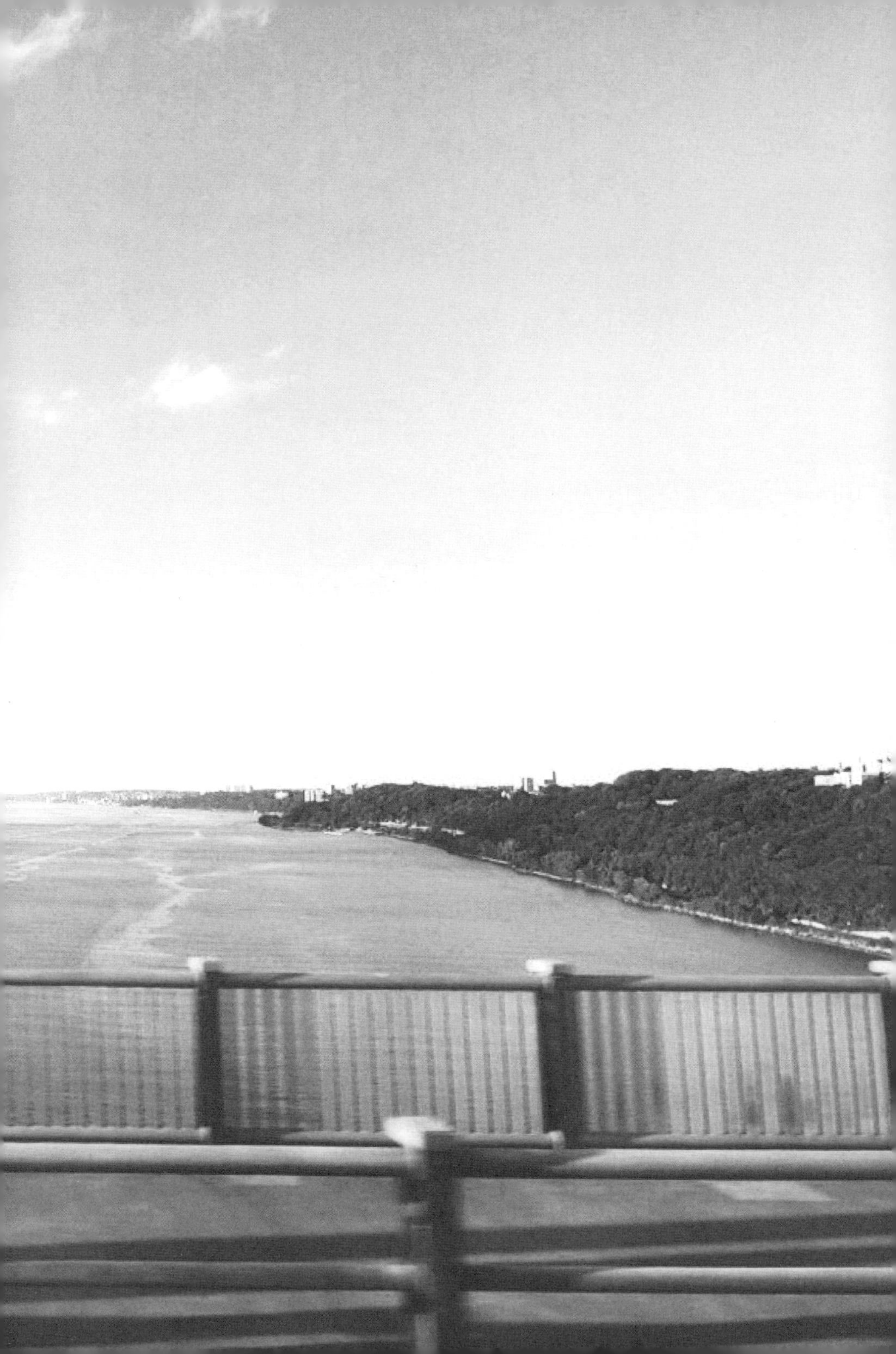

Note 1

與其努力去挽留一個越走越遠的人，

還不如努力練習自己好好走。

因為放下很難，所以不用急著放下。

因為愛是感覺，並不是道理，

所以也不用再浪費力氣去說服。

把所有的力氣，先用來努力前進吧。

盡力生活，盡力給自己打氣。

努力去做到，一個人也可以如常的生活。

與其努力去挽留一個越走越遠的人，

還不如努力練習自己好好走。

漸漸地走得夠遠了。

漸漸地，不必刻意，真的也可以做到平靜了。

再回頭。

那麼輕易就看出那份感情的破綻。

妳當時看見的傷心，

後來一定會變成，慶幸。

這隻停在紐約「帝國大廈」頂樓的鴿子，近看才發現
兩隻腳掌都不見了，可是還是站得很穩，依然御風而行。

妳不是失去幸福，
妳是終於確定，他真的不是「幸福」

妳聽過許多朋友的安慰，妳覺得那些安慰最大的功效並不是療癒，而是可以讓妳分心，讓妳暫時不再想他……當那些安慰都再也起不了功效的時候，妳開始跟自己說話，妳必須很專心地鼓勵自己，才能讓自己「看起來」沒有那麼傷心。

妳每天下班走在路上，沒有一個去處，從前總是開心去赴的約，去見的那個人，此刻都已經消失。妳現在唯一的終點，是孤寂。那是不管妳在回去的路途上，刻意做了多少讓自己快樂的事情，最後當妳打開一個人的房門，一下子就又被打敗的心情。

妳看著大街上的人，那些成雙的、結黨的人們，心情總是那麼容易就被看出來；最難懂的是跟妳一樣隻身前進的人，她們看起來總是那麼平靜，卻彷彿又若有所思，妳很好奇，她們跟妳一樣也還在療傷嗎？跟妳一樣必須那麼努力，才能讓自己「看起來」沒有那麼傷心嗎？她們也跟妳一樣會突然在某一刻，聽見自己對自己說：「我真的再也撐不下去了」嗎?!

妳懂感情走進去容易，走出來困難的道理。妳不懂的是那個那麼容易就做到「拿得起放得下」的人，究竟有沒有真的愛過？如果他在那些過往裡，也跟妳一樣那麼期待過兩個人的將來，那他後來為什麼可以捨得不回頭？而且馬上就又可以重新出發？

妳在那段時光裡的疑問很多，可以給妳答案的人，卻早已走遠。我們在那些不堪的自問自答裡等待著，最後還是得到答案了，給我們答案的，並不是對方，而是我們終於在那場等待裡確定了，他真的不是「幸福」。

也只有在那場近似冬眠的時光裡，我們才終於能好好地看看自己——是啊！也許自己是真的很笨，也很固執。但是當我們遇見了自己喜歡的人，我們也很勇敢，比我們原先所想像的自己，都還要更勇敢。在愛面前，我們真的可以很驕傲，因為我們是如此地真摯與不怕付出，我們唯一要學會的，就是把自己珍貴的感情，交到對的人手上而已。

關於感情，我們很真，所以我們也學得很慢。那些我們終於從「傷心」細細咀嚼出來的學會，最後都一定會讓我們更好。關於感情，我們很深，所以我們才會在那些再也撐不下去的無以為繼裡，最後都還是又奮力鼓勵自己，只要再往前，即便是只有0.1

公分，都是妳往「好」又更靠近了，都是妳正在往前方那個懂得珍惜妳的人，又更靠近了。

妳不是正在復元，妳是正在變得更好；妳不是失去幸福，妳是終於確定，他真的不是「幸福」。

再撐一下，妳總會明白的，人生有太多的「走不出來」跟「撐不下去」，那些我們自以為還很漫長的路，其實經常都只剩下最後一段而已。妳終於會謝謝自己的，謝謝自己當時又盡力往前走了那一步，才會讓妳在多年後回頭，看見了勇敢，而不是後悔。

Note 2

每一場感情裡的「離開」，
都是另一場更好的「出發」

快樂也好，傷心也罷，
不論如何妳都會提醒自己要往前進。
因為那才是真實的世界，
才是這一生當妳回頭，不後悔的風景。
妳沒有執迷在假象裡太久，
沒有重複在同一種傷心，沒有持續被一個人傷害。
妳不會摔得不明不白，每次的受傷都有妳的學會。
妳對感情最大的學會就是，
不要去愛一個對妳沒有感覺的人，
不要刻意去接近一個不會為妳停留的人。

妳無法要求別人一定要給妳交代，
所以妳一定要先想到自己。
在還沒有找到一個願意真心對妳好的人之前，
妳要真心先疼自己。

妳已經不會在感情裡懼怕「離開」這個詞。

因為每一場感情裡的「離開」，

都是另一場更好的「出發」，

而且不再是被逼迫，而是完全出自於妳的決定。

在感情裡只能選擇「退讓」的人，永遠等不到感謝與珍惜

有人說：「當你很愛一個人，你就會願意為他調整。」——妳懂，因為妳一直在這麼做。

妳從來沒有想過，自己後來會在那份愛裡調整那麼多。妳不是不能為愛調整，起初妳也甘之如飴……直到妳發現自己是那份關係裡，唯一不斷地在調整的人，妳開始憤怒、心酸，讓妳憤怒的是他的自私，你心酸的是即便妳都已經那麼憤怒了，可是妳發現自己最後還是默默地又調整了，因為妳覺得自己如果不調整，這份愛應該就會走不下去。

妳也聽說過：「如果妳真的很愛一個人，既然都已經付出，就不要預設他的回應，因為那樣會讓他有壓力。」——妳懂，即便妳都已經有心理準備了，妳還是會在他漠然的反應裡悲傷；又或者，在他突然爆發的憤怒裡驚惶失措。他現在對妳的反應，不是太冷就是太烈，你們已經很久不曾有過愛的日常。

妳懷念那些你們曾經有過的日常，那是妳現在情緒的庇護所，每當妳感覺沮喪、覺得無以為繼，妳就會發現自己又站在那些回憶裡。妳在那些回憶裡問自己的，從來都不是還「要」或「不要」這份愛，因為這樣的問法會真的讓人做出決定；妳問自己的方式總是「捨得」還是「捨不得」這份感情？妳從來沒有得到真正的答案，因為會這樣問自己的人，從來都不需要答案，他們總是捨不得地又哭了一場，然後最後又捨不得地留了下來。

每當妳又在他的情緒裡受了傷，可能是因為他那天心情不好，可能是因為妳剛好碰到了他的死穴，妳連自己「是不是真的在一份感情裡期待太多」這樣的理由，都拿來搪塞過自己了……那是妳在無數次傷心後的終於明白，原來你們後來在那份感情裡地位懸殊的原因，是因為他可以失去妳，可是妳卻不能沒有他。於是他成為那份愛裡唯一可以制定規則的人，而妳明明都已經那麼小心了，卻還是動輒得咎。

妳仔細地遵守著那些規則，就像妳那麼小心地想呵護那份愛。妳以為只要依照規定就可以留住，可是妳後來發現自己根本沒有留住什麼，妳最早失去的是快樂，後來失去的是自信，直到妳最後還是在他的規則裡，失去那份愛。

妳這才懂了！原來「調整」跟「退讓」是不一樣的。「調整」

是雙方一起努力，目的是為了要更靠近彼此；可是「退讓」，卻經常只是單方被推向了更遠的地方。

妳終於了解，原來，你們的距離早就已經那麼遙遠。原來，被強留下來的人，其實都早就已經走開。

那是妳在那場回憶裡，最後的明白。在感情裡委屈求全的人，到最後總是連自己都一起失去。與其苦苦等待對方的改變，還不如改變掉一切，重新找個值得的人來愛。

在感情裡只能選擇「退讓」的人，永遠等不到感謝與珍惜。只有會害怕失去妳的人，才能給妳最珍貴的幸福。

Note 3

不懂得珍惜妳的，
妳就不必把它定義成愛

他都已經走遠了，妳卻還在。

妳想不通，越想不通，就越走不開。

感情不是邏輯。

感情不是「如果」或「應該」。

感情是感覺，

不懂得珍惜妳的，妳就不必把它定義成愛。

那從來都不是真的愛，

妳只是用一些時間確定了他的不值得而已。

把妳的眼淚，

留給將來那個會真正捨不得妳哭的人。

把妳的心思，

留給前方那份真正值得妳去經營的愛。

在找到幸福之前，讓我們先學會分手

如果可以，妳真的很想看看他的心。

妳想看看那幾個時間點，看看發生過的那幾件事情，他究竟是怎麼想的？當時的他，有沒有一點點感動？最後的他，又有沒有，曾經對妳有一點點的心疼和虧欠？

妳當然無法看見他的心，妳從來沒有在那份感情裡得到過任何確定，跟妳的人生裡的其他狀況截然不同，人生的每一條路，妳一定是邊確定才會邊走；可是這份感情，妳明明那麼茫然，卻還是讓自己一直走下去。

因為妳不喜歡分手，因為分手就是失敗，而我們之所以會那麼害怕感情失敗，是因為我們比較容易在別種失敗裡鼓舞自己，卻總是在「感情」的失敗裡，聯想到自己更多的失敗。

因為是真的很喜歡，所以才會一不小心就選錯了人。因為是真的很希望這份感情就是幸福，所以要承認選錯了，才會那麼困難。可是繼續騙自己留在那份感情裡，接下來的路，還會更困難。

那是我們想再給那份努力一些機會，卻其實是給了困難更多機會的一段時光。我們可以留住自己，卻無法阻止對方走開。我們最後並沒有發現幸福，我們先發現的是自己在愛裡有準確的預感。我們在那份早有預感會消失的感情裡，最真實的體會是許多在「一開始」就知道不對的選擇，即便那麼努力，到後來也不會有對的結果。

因為幸福很珍貴，而幸福最珍貴的就是它的無法強求，幸福一定是兩個很相愛的人才會成立。愛從來沒有想要為難妳，每份愛妳都有三次「選擇」的機會：不只「選擇」愛，還可以「選擇」去離開，最後「選擇」努力不要讓這次的傷心，去影響妳更珍貴的接下來。

妳在每次的「分手」之後看見的並不是遺憾，而是更清楚了自己真正想要的感情；妳在每次的「分手」之後感受的並不是自己的脆弱，而是更確定了自己的勇敢，為了那份妳真正想要的幸福，妳絕對不會停止往前的腳步。

每個人都有他認為值得付出的理由，所以每個人才會有各自要走的路，要愛上的人，和應該流的眼淚。每個人都有自己的人生功課。

所以才有的人分得很難堪，也有些人真的好聚好散。有的人很快就重新開始，也有些人要耗盡心力才能走出來。但無論如何都讓我們在每一次的「分手」之後，變成一個更好的人。讓我們在每一次的「分手」之後，都有一個更有智慧的開始。

愛一個其實沒那麼愛妳的人，想念一個並不在意妳的人，我們遲早會發現那只是一場夢。然後，我們醒來，開始更好的生活。妳總會發現，幸福之所以那麼美好，全是因為那些努力的過程，當我們在愛的路上失去越多、體會越深，就越懂得最後走到的珍貴和豐富。

在找到幸福之前，讓我們先學會分手。

Note 4

不要愛上，
一個不想為妳做任何改變的人

問題一直不是，

只要解決了那幾個問題就可以。

一個真正喜歡妳的人，

會因為妳的努力，而相對調整自己。

會為了想跟妳有更好的將來，而努力改變自己。

不要愛上，一個不想為妳做任何改變的人。

不要苦守著相信，

這份感情也只要改掉這幾個問題，就會變成幸福。

妳不會等到幸福的。

因為重點一直不是那幾個問題。

重點一直是，他沒有很愛妳。

他不是說話不算話，
他是根本就忘記說過「那些話」

那是妳永遠不會忘記的場景，那天很美、空氣很好、心很藍，妳永遠記得那一刻的原因是他當時說的「那些話」，那是妳永遠也不會忘記的話。

當妳很想念他的時候，妳會想起「那些話」，每個人在一段感情裡收到的、珍藏的話都不一樣，可是都一樣溫暖。妳愛他，愛他說那些話的樣子，更愛他出現在那些話裡的樣子。妳覺得那就是承諾，就是未來，那是那些話剛開始最美的樣子。

妳會想起「那些話」，在後來妳開始失望的時候，妳總是用那些話鼓勵自己，告訴自己你們曾經有那樣的過去，所以你們當然也可能會有那樣的將來。在很不堪，突然想離開的時候，妳想起那些話，然後用那些話把自己繼續留下來。

連最後他轉身離開⋯⋯妳在那樣的無聲裡，卻聽見了自己心底的那麼多聲音，那是妳後來傷心的時光裡，最心痛也是最捨不得，最想忘記也是最懷念的，他當時曾經對妳說過的「那些話」。

妳在那些曾經留下的紀錄裡，可能是在手機通訊軟體的對話紀錄中，也可能是在妳害怕是自己錯置的記憶裡，妳在那些過往裡心慌地翻箱倒櫃著，直到妳確定他真的說過那些話——鐵證如山！妳明明都找到證據了，是的！對的人是妳，錯的人是他，可是為什麼妳才是那個後來要被時光譴責跟處罰的人。

而說話不算話的人明明是他，可是為什麼妳才有犯法的感覺，因為妳竟然還在懷念當時的他，懷念他當時說「那些話」的樣子。

他跟妳說過什麼話？給過妳什麼樣美好的感動跟未來？「那些話」被妳像一張「幸福」的籤詩那樣解著，在淚光中，「上上籤」跟「下下籤」也只是看事情的角度的差別而已。妳不相信他那麼惡，惡的人給不了妳當時的溫暖。妳更不相信他是故意騙妳的，真心想騙妳的人，又怎麼給得了當時那個真誠的眼神……妳不是想通的，妳是等到絕望才懂的，原來他是忘了！那些他信手拈來的承諾，說得越快就越容易忘記。那些越美的將來，說得越輕易，就越不可能成為真的將來。

妳不是放過他，妳是終於放過自己。「那些話」他笑著隨便說，妳又何必真心收藏?! 那段浮面的感情，妳又何苦耗盡心力去深刻解讀?!

他不是說話不算話，他是根本就忘記自己曾經說過「那些話」。他不是不愛妳，他是從來都不懂，什麼才是真正的愛。

真正愛妳的人，會給妳一份真實共度的生活，而不是只有幾句話。真的值得妳記住的人，會讓妳清楚感受到他的心意，而不是只能給妳模稜兩可的「那些話」。

Note 5

只等那個也會等妳的人

後來妳才真的懂了，

「很愛一個人」跟「幸福」，

是可以不一樣的。

妳是真的領教了，承諾是容易的，可是做到是困難的。

決定是容易的，可是接下來的等待，才是最困難的。

妳終於學會了，

從此只等那個也會等妳的人。

妳的人生步伐再也不要重複，

讓妳重複地在一份感情裡受傷，

讓妳重複等著的，就不是妳該等的人。

妳不會逗留，妳會努力前進。

妳知道有些人，留在記憶裡就好。

偶爾想起來，也許很美，但一定得走過，才會真的長大。

才會讓我們學會，什麼才是該出發去尋找的幸福。

不是每一場分開，都會有足夠的理由

當所有的人都勸妳要想開一點，才能早點從那場傷心走出來。可是妳找不到那個可以想得開的理由，所以才會一直迷路走不出來。

你們從他提出分手的那一刻起，開始走入不同的時空……他繼續往前，妳卻開始走入過去，妳回想起那些他曾經愛過妳的證據，妳相信他只是「糊塗一時」，直到妳在那些後來又低了無數次頭的時光裡，把希望都消磨殆盡了。妳的願望真的渺小到只剩下那一個：妳希望他可以給妳一個理由──一個他不再愛妳的理由。

妳希望他可以說得很清楚，妳虛心受教，妳不怕受傷，因為妳真的很需要一個充分的理由，這樣妳才能帶著那個理由離開。最後，妳像是得到一個恩賜那樣得到了他的答案，妳以為自己會很傷心，但是沒有；妳以為自己可以從此往前，但是也沒有。妳是突然又這麼想了：既然都知道理由了，那妳只要努力改進，這份感情就應該可以被挽留。

妳就是在接下來的時光裡，陸續失去了尊嚴和自信。最後妳選擇毀掉那份愛，期待親眼目睹他的絕情，只有讓自己恨他，這樣妳才可以徹底死心。

妳沒有成功毀掉那份愛，得到的理由也從來沒有真的說服過妳，那是妳後來意志消沉的一段時光，為什麼他的情話可以說得那麼真實，卻在一剎那就毀去?! 為什麼相愛一場，而他最後竟然連一個真切的理由，都懶得給妳?!

那是我們都曾經墜入的「執念地獄」，是我們一個人的苦苦修行。妳是在那些火裡來、浪裡去的日子裡，用了多少時間才突然看清楚了:一百個理由他都可以掰給妳，可是唯一的事實是「他要離開妳」。

一個想走的人，又何必心疼妳，又何必去構思一個完美的理由，可以讓妳不傷心？而對於妳，對於一個惜情的人來說，這世界又怎麼可能會存在著一個可以讓妳不傷心的理由？

那些在分離裡苦求著答案的人們，真正想著的並不是可以從此放下，而是希望能把對方留下來。而我們從來無法真的留住誰，我們只能留住自己，然後決定接下來是要努力往更好的路走，還是要帶著他留給妳的理由，繼續傷心？

不管他給妳什麼理由，妳都收下，但不必接受。因為任何理由，都只是讓他走得更心安理得；任何理由，都只是又傷害了妳一次。妳唯一相信的理由，就是他不要了，不管是因為不適合，還是當初只是因為寂寞，妳都不會再花時間去研究。

不再走在一起的人，就不要再讓他用任何形式，干擾妳的生活。放不下，那妳就不要強迫自己放下，妳會帶著走，因為每份曾經用心的感情，都有後來值得回憶的部分。妳不會強迫自己祝福，因為妳自己的幸福更重要，那才是妳應該去努力的事情。妳不會強迫自己遺忘，因為會讓我們變得更好的，並不是遺忘，而是我們又更清楚了，自己真正適合的人，還有愛的無法勉強。

不是每一場的分開，都會有足夠的理由。對於一個想走的人，就算他給了妳一百個理由，妳都不會再浪費時間去思考。妳這輩子真正要的，要把自己的每一個珍貴的分秒用來分享的，是那個也願意把自己的人生交託給妳的人，那才是妳從此刻起最重要的事。

Note 6

不可惜，
接下來更長的耽誤才可惜

這些年，妳已經學會了愛的「自然」。

跟一個人自然地走在一起，沒有誰勉強誰。

自然地開心，不必刻意去取悅。

也不必解釋，或猜測對方的原因。

因為你們就是喜歡跟彼此在一起。

就是，自然而然地喜歡。

後來，妳也明白了愛也可以「自然」地分開。

盡力了，想走的路真的不再一樣，

妳也懂得為自己放下。

不可惜，接下來繼續更長的耽誤才可惜。

後來，妳還是對愛很真。

妳從來不騙自己。

多年後妳想起這段感情可能還是會遺憾，但不會後悔。

因為那一切都很自然。

妳沒有越勉強越傷心，妳沒有留到直到那份愛被摧毀殆盡。

即便你們後來還是分開，妳還是記得當時曾經的自然，

而你們在那個自然裡，曾經那麼愉快。

不要因為捨不得過去，就浪費掉更重要的將來

過去的，就算妳再不想接受，也都過去了。

於是「過去」變成一種氣味，它會在某個特別的時間、某個特別的地點，或者根本沒有脈絡可循，就突然來到妳面前……那是當妳一如往常地前進，或者一如往常地正在安靜地做著某件事情，又或者，其實妳正在一場未竟的喧譁裡，妳就那麼突然地被「過去」打擾了一下，是的，不知道為什麼，妳就是突然又想起他。

妳一直覺得「過去」是有氣味的。妳輕而易舉就可以想起來，當時跟他在一起的氣味。氣味跟記憶不一樣，記憶需要回想，記憶會被後來的記憶覆蓋，可是氣味很奇怪，氣味總是會在第一個時間就被喚醒，就好像即便在後來妳也真的又遇見了一些人，也經歷過了一些事，但妳還是記得那個曾經深愛過的人，所對妳做過的，有些細節妳是真的忘記了，故意的、不小心的……但妳永

遠不會忘記的是他的氣味，那是「他」當時緊緊挨著妳的氣味。

妳在後來的那些故事裡，在那些不是「他」的人身上，明明都已經那麼努力地幻想了那些新故事的可能，卻還是那麼容易就在那些人身上，看到了「他」的影子，看到不管他們再怎麼努力，也無法像「他」那麼輕而易舉就可以讓妳感受到的。然後終於看見那個自以為已經邁開步伐的自己，其實還是把「過去」牢牢地抓在心底。

那是每個曾經被迫離開的人，最刻骨銘心的體會：原來不是所有的「陪伴」都叫做「愛」，人生有許多的陪伴，是因為緣分和寂寞。所以我們才會在尋找愛的旅程裡，遇見了那些曾經陪過我們一段的人。妳知道，並不是所有傷害過妳的人，都是存心要騙妳。當他們傷害妳的同時，其實也傷害了自己。只是，他們的傷總是比較快就痊癒，只是他們後來幾乎不曾再想起，被丟下的我們還在那場傷痛裡那麼努力地要讓自己能夠好起來。

那變成每個傷心人的分內之事，我們那麼費盡心力地想要把擋在前方的「過去」搬開，卻經常一不小心就跌坐在更深的「過去」裡，我們是在多少次的眼淚和著鼻涕裡，才好似一次又比一次地更懂了，那些我們捨不得的過去，總是被我們不自覺地定格在最美好的那一刻。而那些我們認為的可惜，那些如果還在一起，將來就可以怎麼樣的可能，其實都沒有真的發生。

妳終於明白，每份愛都是一場新的展開，妳在這份愛裡要尋找的，並不是過去的影子，也不是補上過去的缺憾。如果上一份愛不能讓妳真的快樂，妳又何必以它為比較的範本。妳在每一場愛裡，最重要的是要問自己：妳是不是真的幸福？

於是我們也才給了每一份愛新的自由和呼吸，也才終於給了自己一份勻稱的呼吸。如果妳的上一份愛無法帶妳走去幸福，那妳又為何不試著放手，試試看讓這份愛，最後究竟可以帶妳去哪裡？

是因為曾經那麼深地投入過，所以一定會不捨。是因為曾經那麼細膩地咀嚼過那份感情，所以才連愛都有了氣味。每當「過去」又突然來襲，每當那股熟悉的氣味又突然成為妳身邊的氛圍，從前妳也許還會心慌，現在妳已經接受，已經承認那絕對是永遠的過去。

不要因為捨不得過去，就浪費掉更多更重要的將來。妳真的懂了，也真的在路上了。一個人的不捨，都只是過去的回憶；要出發去找那個也會捨不得妳的人，妳才會幸福。

Note 7

感情裡的「錯過」，
其實都是因為對方並不想留下來

妳總會懂的，後來再回頭看，事情就會有不同的角度。

從前的痛苦和不甘心，都只是我們最寂寞的單人演出；

當時妳認為的「無可取代」，

後來也發現這世界有太多贏過他的人。

感情裡的「錯過」，其實都是因為對方並不想留下來。

關於愛，我們都是邊走邊懂的。

總是要以為前面沒有路了，才會真的又踏上了一條嶄新的路。

沒有白吃的苦，沒有白流的眼淚。

這世界沒有可以永遠困住妳的人。

走一步，長大一步。

妳知道那就是生命的「自然熟成」。

要努力前進，將來才有機會轉身，

然後在那個轉身裡，看見自己更美麗的勇敢，而不是後悔。

愛很誠實，
欺騙妳的，一直都是自己

妳在那份感情裡，最真實的感受是什麼？

當約會結束，在彼此道別後，妳走著走著就又回頭了，看著那個走遠的身影，才剛分開妳就又開始期待下次的見面了，但那從來都不是他的心情，也不是跟妳共通的默契，他從來都不曾回頭。後來，妳開始訓練自己也不要回頭，妳知道那就等於在練習，讓自己不要愛他比起他愛妳，多那麼多。

妳想他，就像每一對相愛的人那樣。可是妳不能找他，因為他說過那樣會影響他的工作。妳都懂，妳不是那種愛無理取鬧的女孩，妳當然願意支持他努力打拚事業，可是為什麼妳的心底就是有一種不安，就是如果妳不努力一點，那這份感情應該就會淡掉了。

他給妳的理由總是很簡單，簡單到妳只要再多問，就是故意找碴。他從來沒有真的說服過妳，讓妳安靜下來的，一直是妳自己——可是妳也沒有真的說服過自己，妳的寂寞很喧譁，裡面都是妳停不下來的自問與自答。

妳替他想過很多理由，又或者妳是在替自己找藉口，妳覺得那也許是妳的問題。在感情裡把所有的問題歸咎於自己，是最單純的處理方式，因為妳只要搞定自己就好。妳在那些只能一個人的問答裡，發現所有的問題，最後都可以被簡化成同一個：「你還愛我嗎？」

而妳其實早就知道答案了。

當這份感情從兩個人變成一個人的時候；當這份愛，從關心變成彼此為難的時候；當這份關係，從互動變成逃避的時候，妳就已經知道答案了。

也許，妳是真的開口問了，他的回答妳並不意外，可是為什麼還是覺得那麼傷心？

又或者，答案是正面的，妳鬆了一口氣，覺得真的是自己多想了，然後隔了一陣子，妳才驚覺事情一點都沒有改變，他依然自我，而妳依然不快樂。

我們總是在那場反反覆覆的感情裡，窘迫到再也無法說服自己了，然後才終於面對那個答案：

真正在意妳的人，就是會努力想懂妳。真正愛妳的人，就是會想盡量留在妳身邊。

愛的道理本來就如此簡單，複雜的是我們後來的推理，是我們明明都知道答案，還硬要繞過真相，去做的那些繁複的推理。

真的愛，就不會有任何勉強。不要相信愛可以「愚公移山」，因為山不會走，可是不愛妳的人，很容易就會走開；更不要相信日久「生」情，妳最後只會見到日久「傷」情，強求的感情，到最後都只剩下傷心。

真正的幸福，並不是你們努力去留住誰，而是你們總是依賴著對方，誰也不捨得走開；真正的幸福，並不是妳必須熬過等待，而是對方一直將妳放在心底，從來不曾真的分開。

妳真的懂了，也決定面對了。那個妳早就知道的答案。

愛很誠實，它從來不曾騙過妳。愛一直是如此的明明白白，欺騙妳的，一直都是妳自己。

Note 8

純金度不夠的愛，
再怎麼琢磨，都不會成為幸福

愛是一種陪伴，

是不必有任何理由或作為，就是想賴在妳的身邊。

不用幫不肯留下來的人想理由，

不必擔心不愛妳的人會有任何苦衷。

灑脫點，對自己，跟對方都是。

不要只接受妳的好，也要給妳真正的答案。

妳謝謝他的誠實，

妳不會模糊，也沒有中間地帶，

妳會尊重他的答案，

因為那也是他的人生，

他本來就應該去找一個想陪伴在一起的人。

妳也不要再躊躇了，

純金度不夠的愛，再怎麼琢磨，都不會成為幸福的。

不是每一對情人，都要變成仇人，才叫做真的分手。

不是每一份感情，最後都必須成為怨恨，才叫做真的愛過。

妳一定可以的，別再縱容他，也別再縱容自己。

往前走吧，離開一個不夠想跟妳在一起的人，

一直都不是能不能的問題，

而是那本來就是妳對自己的責任。

要先失去一些無法持久的「喜歡」，
才知道誰是那個能陪妳走到「幸福」的人

他喜歡妳，那是他親口對妳說過的，否則妳也不會在後來又投入了那麼多感情，還有體會了因為愛一個人，而必須承受的那些心情的擺盪。

剛開始都很好，剛開始都很公平。妳不是愛計較的人，妳尤其不喜歡在感情裡用到「公平」這個詞，妳覺得當愛開始被計較，愛也就不再是妳當初所想像的樣子。妳很努力告訴自己不要這樣，但妳最後還是忍不住計較了，因為你們的愛真的很不「公平」，妳花那麼多時間想念他，付出那麼多心力去經營那份感情，那不是情人間最應該一起努力的事嗎？可是為什麼妳覺得那些努力到後來都變成是妳單方在進行，為什麼他都已經說「喜歡」妳了，卻沒有真的把妳放進他的世界，還是依然在自己喜歡的世界裡我行我素？!

妳想過是不是因為自己太沉不住氣，太容易就讓對方看出了

妳對這份感情的珍惜和無法失去，所以後來才會讓他變成訂定規則的人；妳想過是不是因為自己想太多，才會那麼容易就看出他的自私，還有自己的孤單。那是妳對自己數不清次數的自問自答，妳每次得到的答案都不一樣，妳有時心酸，有時又覺得充滿希望；有時脆弱，有時又覺得自己還可以更堅強——那就是妳經常在那份愛裡的擺盪，妳不是飛高，妳是越盪越低。但即便妳都已經讓自己低成那樣，在那份越來越不公平的關係裡委曲求全，最後還是只有得到他想分開的結果——那不只是一個分開的宣告，妳在那個宣告裡還一併感受到的是，這一切都是妳把他逼得太急的結果。是的，妳接著又痛苦自責了那麼久，妳後來又付出了許多代價才在那終於消散的迷霧裡，看懂了他的自戀和自私。

妳跟他不一樣。有的人習慣把愛放在嘴上，才剛開始就跟妳說了太多未來；妳不一樣，妳奉陪不起，妳是一旦愛了就全心全意，妳從來都不是在感情裡可以輕易做到「說走就走」的人。

妳相信他喜歡過妳，他不是存心騙妳。妳知道他喜歡妳，可是他更愛自己，當一份愛已經不是娛樂休閒，而是強大到成為一種責任，他就選擇退回去愛自己。

一開始對妳好，是因為「喜歡」；後來還願意一直對妳好，才是「愛」。每份感情的一開始都一定是因為「喜歡」，可是後來還要能進化成愛，才叫做「幸福」。

妳已經可以分辨，失去「喜歡」跟失去「幸福」是不一樣的。失去喜歡是尋找幸福必經的過程。妳一定要先失去一些無法持久的「喜歡」，才會知道，誰才是那個最後可以陪妳走到「幸福」的人。

所以妳再也不會因為失去「喜歡」，就懷疑自己。妳知道自己的優點，也會繼續把它發展到最好。妳一直知道只有做一個自己喜歡的人，妳才會快樂；只有做一個很純粹的自己，喜歡妳的人，喜歡的才是妳真正的樣子。

妳更不會再刻意去討人喜歡，因為討來的喜歡都不會持久。

妳謝謝那些「喜歡」過妳的人，失去那些喜歡，妳當然會傷心難過，但妳不強求、也不強留，因為妳知道自己要找的並不是短暫的喜歡，而是真的愛。

於是，妳就走過身後那些掉落的「喜歡」，大步向前，因為妳一直知道，那些能陪妳走到最後的，才是真的「幸福」。

Note 9

如果這個世界真的存在著一顆要守護妳的星星，
那麼他應該帶妳走去幸福，而不是，讓妳迷路

後來妳才明白，
感情裡那些讓妳放不下的「如果」，後來都不曾真的發生。
而那些始終沒有發生的如果，
並不是因為對方不夠勇敢，或者沒有想到，而是不想。
一個真正希望跟妳有未來的人，
是根本毋須妳的期待和渴望，就會想盡辦法留在妳的身邊。
一個只想享受妳的好，卻不想有任何作為的人，
才會對妳說出那些奇怪的理由。
妳一直在思考他說的理由，
妳只能隔著遙遠的距離仰望那段感情，
妳把他當成一個遠方的星星。
妳一直以為你們還是存在著一種聯繫。
後來妳才發現那根本就不是浪漫，而是一種最浪費時間的空想。
離開會讓妳空轉的人，
離開會讓妳越來越不相信愛的感情。

如果這個世界真的存在著一顆要守護妳的星星，

那麼他應該帶妳走去幸福。

而不是，讓妳迷路。

妳總有一天會發自肺腑地慶幸，他還給妳自由

妳終於明白，他是真的完全與妳無關了。

在這段感情裡，他做的事情，一直都那麼「簡單」。「簡單」地只要接受著妳對他的好，卻不用付出。連最後的分手，都只要一個「簡單」的轉身，就可以做到。

不像妳，還要進行那麼多「儀式」，來讓自己遺忘。妳看了一些書，標記、甚至手抄了裡面的句子，把它放在妳隨身的包包裡，每當妳覺得堅定又要動搖的時候，妳就趕緊拿出來穩固自己；妳在心底刻意放大了那些妳曾經包容過他的行為，妳必須更惡化他的自私，才能讓自己清醒；妳總是要很用力地放大自己的腳步和笑容，才足以感覺到，自己是真的好像又好一點了……妳為了走出那場傷心，做過很多事情，每一件都是妳想要脫離傷心的「儀式」。妳承認那些儀式最難做到的是「純粹」，它們總是看起來充滿力量，卻還是混雜了眼淚和想念，但是那沒有關係，比起從

前在那段感情裡的自己，妳知道自己正在慢慢變好。

妳也已經確定，那些妳曾經很希望他可以給妳的「交代」，即便只是一點點發自內心的歉疚，他都無法給妳。大家相愛一場，他不一定懂妳，可是妳對他卻那麼了解，那是妳在確定他的狠心之後，突然的耳聰目明，原來他真的就是那樣！事情本來就是它一開始被看見的樣子，妳對他真的太過厚道，而妳對自己，竟然曾經那麼苛刻。

那些他不願意給妳的交代，連同妳曾經對自己的虧欠，妳一定會記得還給自己。

妳會盡力對自己好，告訴自己，所有的分開都一定有它的原因。但妳不會再花時間去猜測或追究。因為再好的理由，也只是為了合理化對方想要的分開；因為再好的理由，也不會讓人停止傷心。

妳會反覆叮嚀自己，一份感情的結束，並不是因為誰不好，而是你們已經無法在那份感情裡得到撫慰。所以妳此刻的傷心，也絕對不再是他可以安慰。

妳還是會繼續保持妳的好，還是會好好生活，妳知道只要妳不自己畫地自限，一定很快就會有懂得妳的好的人，感謝他把妳讓出來。比起妳尚餘的人生，這份愛其實很短，妳還有大好的時光跟很長的路，應該拿去跟會疼妳的人一起過。

妳知道妳一定會好起來，然後在後來的某一天，突然想起某件事情，那是妳曾經為了那場傷心而進行過的儀式，然後妳笑出來，因為妳真的已經忘記當時那個苦的感覺了。

妳總會忘記他的，跟那些「儀式」無關，因為忘記本來就是人的本能。當一個人不在妳的生命繼續出現，當一個人對妳已經不再具有意義，妳本來就會把他忘記。

妳一定會變得更好的，因為那就是愛會給真心人的回報。因為他只是簡單轉身，而妳卻在那一次次勇敢的儀式裡，告別過去，完成了更好的進化。

妳總有一天會發自肺腑地慶幸，他還給妳自由，讓妳再一次勇敢出發，才找到了後來真正的幸福。然後欣然明白，原來那就是妳後來可以給自己的，最好的「交代」。

Note 10

要先相信幸福，
才會看得見幸福

妳真正應該去挑戰的，
並不是還可以為那份愛犧牲多少，
還可以繼續為他委屈多少的自己。

妳真正應該挑戰的，是自己一定還有再幸福的可能。
而所謂的真正的「挑戰」，是相信。

是打從心底相信，努力的自己，是真的值得更好的對待。
快樂的時候相信，在偶爾虛弱的時候也依然努力堅信著。

上天只會給人幸福，並不會告訴人，這就是幸福。
妳的幸福，要靠自己去看見。
要先相信幸福，才會看得見幸福。

Farewell，
離開那個不會帶你飛去幸福的彼得潘

他的熱情和天真，他興高采烈地對妳說話的樣子，妳知道妳愛上的是個孩子。妳在他的那個天馬行空的世界裡跟他一起飛行，妳偶爾是他翼下的風，偶爾是追隨他的影子，在那個愛情故事裡，妳從來都不是主角。

他是個迷人的孩子，一開始就那麼固執地依賴妳，用力地喜歡妳，那些他曾經信手拈來給妳的驚喜，又魯莽又真誠，又粗糙又深刻，妳現在想起來還是會覺得又好笑又感動。當時的妳很像童話世界裡的公主，那是妳第一次扮演那個角色，妳享受過天真的美好。但那畢竟不是妳擅長的角色，因為妳很快就發現那個故事不會有未來。

他不像妳那麼務實，他總是覺得自己沒有遇見伯樂。妳會盡力，會在挫折裡反省精進，可是他跌倒了就怪這個世界，然後躲進去自己那個什麼夢都可以做的世界。妳不是沒有想過要停下來等他，妳也真的等了，問題是還要繼續等多久？為了愛要妳繼續寵他，妳也可以，可是為什麼妳努力對他的諒解，到後來都成為更縱容他的助力？

妳聽過許多這樣的故事，那是一些在職場上認真奮鬥的女性，她們結婚、生子，在工作和家庭的身分裡兩頭燃燒，直到小孩夠大了，她們覺得可以稍微放鬆了，可以開始好好對待那個已經疏忽很久的自己了，而她們最想做的第一件事情，竟然是「離婚」。

那不是吵架後衝動的決定，她們很平靜，她們是真的對那份感情死心。比起她的丈夫，她的人生艱鉅、複雜很多，她從結婚、懷孕到面對一個生命來自於自己的身體，她的每一步都是扎實而沒有僥倖；而他的人生卻只是從一句「爸爸」的稱謂，而瞬間虛幻地改變的。於是，他們有的真的做了成功的父親，也有的，只是看起來是一個爸爸而已。於是，當她們終於辛苦地把小孩拉拔長大，一回頭才發現連小孩都長大了，可是身邊的男人卻還是當年的那個小孩。

這一路，她幾乎都是自己走的。她們這才懂了，原來愛上一個不肯長大的男人，會這麼孤獨；原來愛上一個停止長大的男人，也會讓妳的人生停滯在那裡。妳不要自己的感情最後變成那樣。妳不要自己辛苦一生，到最後還這樣孑然一身。妳不是只想要年輕時的戀愛，妳還要在孩子長大以後，當兩個人又拿回了自己的時間，還可以攜手走完一生的幸福。

妳相信那些成功的女性，當時也一定深愛過身邊的那個人。她們一定也努力跟對方溝通過，希望對方可以成為自己的支柱，然後最後才紛紛懂了，這個世界最難努力的，就是希望一個人長大。

妳喜歡他的孩子氣，只是後來妳才懂了，原來孩子氣代表的也是「自我」跟「自私」，他們不是不願意想到妳，他們只是都會先想到自己。

妳喜歡過那樣的天真，可是那不是妳想要的愛。妳享受過童話裡的幸福，可是那不是妳想要的人生。妳憧憬過許多他跟妳說的未來，可是後來妳明白了，未來不是用「說」的，未來是兩個人一起「走」出來的，一個始終在天空飛行的人，是不可能跟妳一起走到未來的。

Farewell，那是妳最後可以給他的祝福，妳希望他的飛行可以順風愉快，可是更重要的是妳必須離開，離開那個不會帶妳飛去幸福的彼得潘，妳才會得到真的幸福。

Chapter 2.

答應自己。

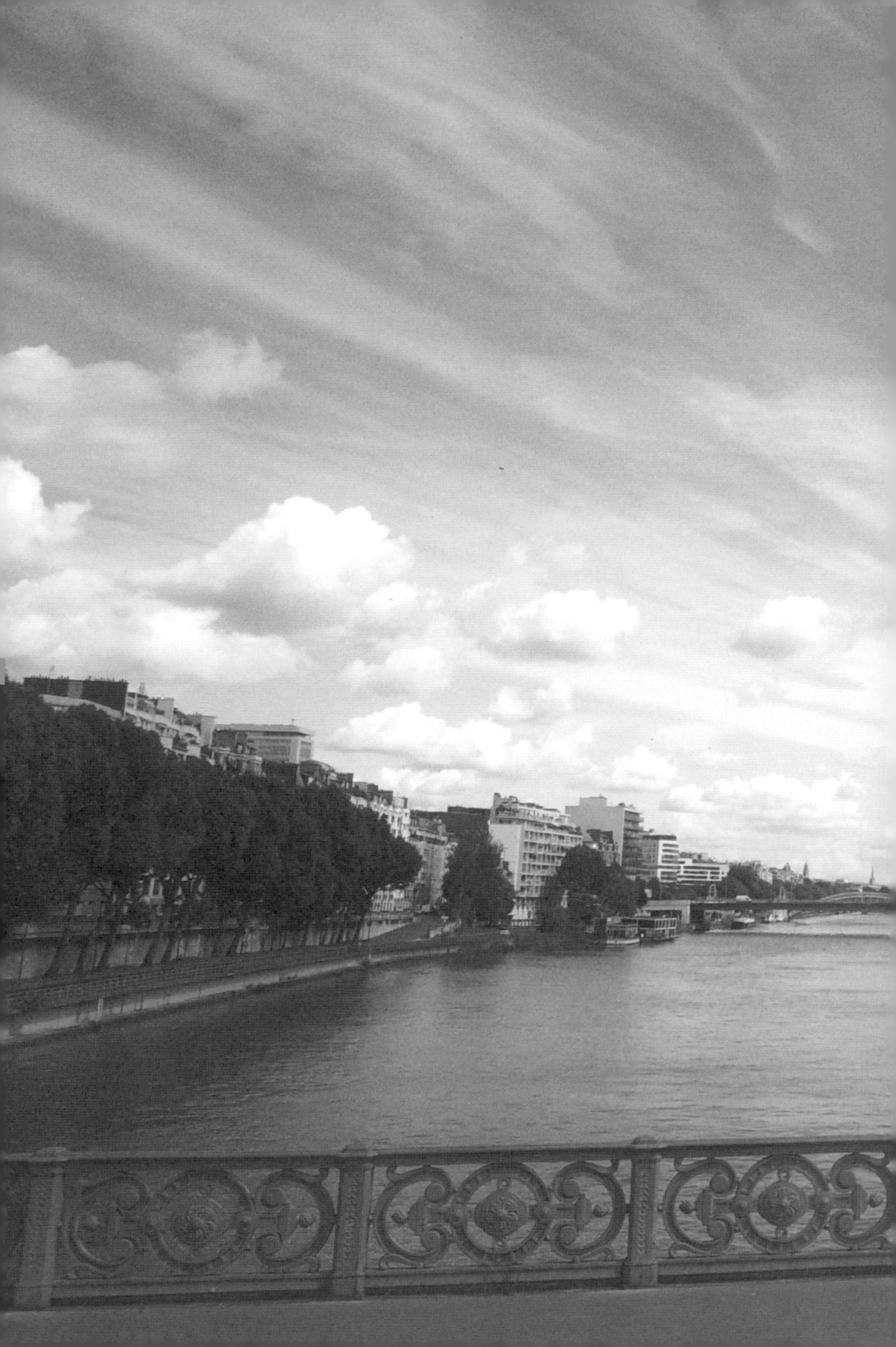

Note 1

幸福的基本架構，就是：

「我覺得你很棒，但我也不差。」

妳不會勉強自己，去成為他眼中更好的人。

妳願意為兩個人的未來努力，

但絕對不是為了符合他一個人的理想。

感情沒有高低，沒有誰應該遷就誰，

更沒有誰應該追著誰的腳步跑。

妳不會高攀，不會為了留住愛而卑微。

妳知道真正的愛，就是他要喜歡「現在」的妳。

妳願意支持他的理想，但那並不包括妳必須處處符合他的期望。

那就是本來的妳，那是他對妳該有的尊重。

懂得尊重妳，才會真的珍惜妳。

兩個人總是又自在，卻又在乎彼此。

幸福的基本架構，就是：

「我覺得你很棒，但我也不差。」

一定要先被珍惜了才去愛；而不是先愛了，才等待他的珍惜

妳一直以為「愛」應該是甜的！妳從沒想到愛會那麼快就變成苦的，妳在那份愛裡嘗到最苦的滋味是「等待」。

妳「等待」他的回應，不必像妳付出的那麼多，也只要能夠繼續溫暖妳就足夠；妳「等待」他的付出，不必像妳那樣盡力，也只要讓妳感覺他是真的用了一些心就足夠……即便期待這麼微小，妳的等待還是很少成真，妳最常等到的是妳又找到了新的理由安慰自己，妳又聽見自己對自己說，也許那就是當妳愛上了一個人，就注定要做的等待。

妳承認自己是「天生」喜歡他，可是妳忘了問他是不是也一樣「天生」喜歡妳？還是，其實當我們開始嘗到了愛的苦澀，我們就已經知道答案。然後說服自己，「愛」不管是天生的，還是後天努力，最後的結果還是會一樣，妳只是辛苦一點，他最後還是會喜歡妳的。

我們就是在那樣的耕耘裡，慢慢地發現了：原來討來的「喜歡」，都有它的時效，而且時效還會越來越短；原來討來的「喜歡」，就算積累再多，最後也不會成為「愛」；原來，越努力去討人喜歡的人，每當妳又從別人那裡得到了喜歡，就是妳同時也失去了，自己對自己的喜歡。

妳在那場等待裡，等著他對妳的「珍惜」，跟這個世界其他的等待都不一樣，我們最後不是沒有等到「珍惜」就會離開，我們還會因為這樣而更不珍惜自己。

我們在那場跟自己說好不計較「公平」的愛裡，最後還是認清了愛一定是先從「公平」開始的。而愛的公平其實很簡單，就是你們彼此是不是都是從一開始就「天生」喜歡對方？是不是沒有勉強，是不是每天一睜開眼睛，就會很想看見對方？那就是「愛」一直那麼簡單，卻又顛撲不破的真理：要喜歡，才會害怕失去；要害怕，才會懂得珍惜。

終於，我們自以為找回了對自己的「珍惜」，後來我們才發現那其實不是珍惜，而是「害怕」。我們開始對愛卻步，開始小心翼翼，我們害怕自己明明正在愛著，卻一不小心就又變成一個等待的人；我們害怕自己明明是那麼盡力而高貴地對愛付出，卻因為對方的不在意而變得那麼不堪而廉價。

後來，妳又是花了多久的時間才真正想通了，我們為了一個並不愛我們的人而害怕愛情，為了一個從未將我們放在心上的人傷心，是如此的不合邏輯而沒有必要。所有妳對愛的付出，那些讓妳傷痕累累的作為，都是對的！妳只是把它放在一個錯的人身上而已。

妳終於明白，等待著別人的「喜歡」，最後總是等到「後悔」。喜歡一個也天生喜歡妳的人，愛才是最輕鬆自在的事情。妳從前遇見的愛總是很複雜，越複雜的愛就越辛苦，只有簡單的愛，才會讓人幸福。

於是妳也才懂得要給「愛」訂下了最簡單的標準：一定要先被珍惜了才去愛；而不是先愛了，才等待他的珍惜。

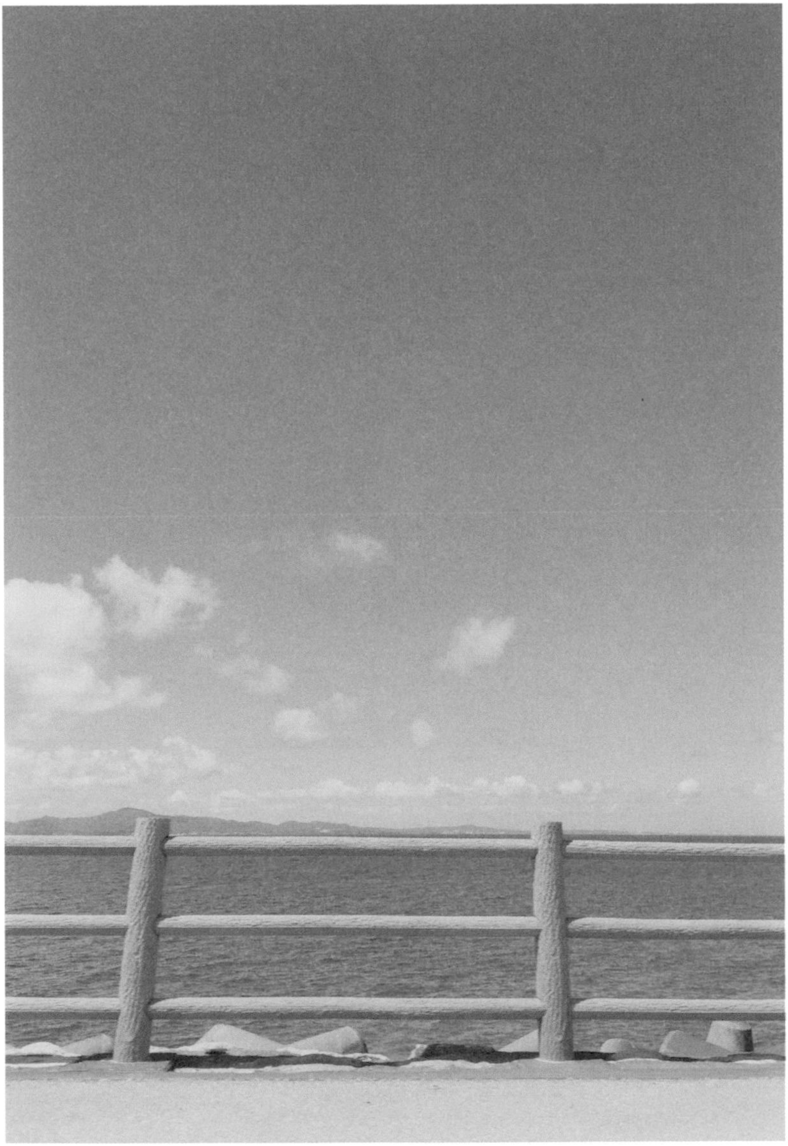

Note 2

妳不是正在遠離悲傷，
而是正在努力走回幸福的路上

因為還在傷心，所以妳很容易就忽略，

其實妳比昨天又好一點了。

最苦的妳都嘗過了。

愛一個沒有妳愛他那麼多的人。

嘗過壓抑自己的想念，嘗過被一個人不在意的傷害，

嘗過最後連一句遺憾或捨不得都沒有的，一個人走出來。

妳沒有靠誰，妳是靠自己走到這裡的。

妳已經可以一個人去完成一些事情，而不再覺得自己的殘缺。

也不再覺得此刻沒有他，自己就會無法到達。

妳是真的看見了，自己從頭到尾的不被可惜；

妳親眼看到了，原來妳是真的可以，

不必靠別人給予，也可以朝自己想走的地方去。

妳還在努力，妳不會後退。

妳都已經走到這裡，就絕對不會功虧一簣。

妳越來越有屬於自己的知覺。

不是因為別人而疲憊，純粹為了自己而快樂。

妳不是正在遠離悲傷，而是正在努力走回幸福的路上。

而妳真的知道，妳總會走到那裡。

妳寧可一個人孤單，
也不要「兩個人的寂寞」

妳不喜歡孤單，妳覺得孤單是一種遺憾，所以妳才會渴望遇見另一個人，他會讓妳的人生圓滿，讓妳從此不再孤單。

我們都不喜歡孤單，所以我們才會覺得一個人吃麻辣鍋很孤單，覺得情人節在餐廳一個人吃飯的人很勇敢，覺得一個獨自旅行的人，應該都有一個傷心的故事。

所以當我們終於有機會可以不必再一個人，我們幾乎不太考慮就會走進那份感情，我們總以為就算「不適合」，最後還是可以做到「全身而退」。後來我們才發現，其實最困難的並不是「全身而退」，而是究竟要到什麼程度才叫做「不適合」？那是妳後來繼續留在那份感情裡的原因，妳捨不得，妳不是給他機會，妳是想給自己機會。要讓自己放棄掉一次幸福的機會，才是感情裡最困難的事情。

所以，我們後來才會在那份感情裡又待了那麼久，久到有機會咀嚼出了，原來「寂寞」也有漸層的滋味。妳一開始的寂寞，是發現他不再在乎妳的感受，妳想要討論過，但每次的討論後來都成為爭吵，然後毀掉更多的感情，於是妳只能告訴自己不要在意，寧可和平也不要再戰爭，然後眼睜睜地看著那份感情的質變，卻無能為力。妳在這個階段最大的寂寞，是他也明明知道這份感情正在改變，卻一點都沒有想要改變自己。

漸漸地，妳也變得跟從前不一樣了。妳變得安靜，一不小心就發現自己竟然又在掉眼淚，妳知道那是自己的選擇，妳沒什麼好跟別人說的。妳也許不再渴望，卻不肯絕望，妳知道要從別人那裡得到「離開」的建議很簡單，但那不是妳需要的答案。於是妳最後終於感受到了，就算兩個人在一起，妳卻依然覺得孤單，覺得許多事情都還是一個人孤身在面對著，原來那就是一份妳強力慰留的感情，最後會回饋給妳的滋味；原來那就是妳明明在一個兩個人的空間裡，卻還是那麼孤獨地感受到的「兩個人的寂寞」。

那個讓妳覺得「一個人」的人，遲早都會真的離開。

我們在那個旁人都早已預測出的結局裡，終於有了最寂寞的體會。當時我們所捨不得放下的，那些我們認為對方也只要調整「一點點」，就可以再好好走下去的感情，原來他連那「一點點」，最後都還是無法為妳調整。而當時妳無法具體描述的那個「一點點」，妳現在懂了，那個「一點點」就叫做「用心」，一個無法將妳放在心底的人，給不了妳真正的溫暖，感情裡的差一點點，就不是幸福。

妳現在是一個人，是的，一個人很孤單，可是孤單也可以讓我們想清楚，自己真正的喜歡還有想走的路。一個人有時候會有點冷，可是妳也不要兩個人只是為了取暖，最後弄得兩敗俱傷。

那是妳終於拿回來的人生，妳再也不要被誰為難，也不必再承受愛的心酸。從今以後，妳再也不要只愛上一個人，妳一定也要愛上他的心，是那顆願意對妳用心的心，才能給妳永恆的溫暖。是那份始終對妳的牽掛，才會讓兩個距離最遠的「一個人」，也始終覺得自己是「兩個人」。

Note 3

盡力了，就很完美

從前，妳總是先用別人的看法來懷疑自己。
現在，妳比較在意的是，我有沒有在過自己喜歡的生活？
是不是真的把人生，用在自己覺得值得的人和事情身上？

從前，妳總是希望自己有更好的人緣。
現在，妳已經知道所謂的完美，並不是討好每個人。
盡力了，就很完美。

妳終於明白那些曾經停留在我們身上的眼光，
其實都只是他們的人生的萬分之一而已。
「妳」才是那個唯一會從頭到尾出現在生命裡的人。
妳只需要對她承諾，妳不會辜負自己，
只愛懂得珍惜妳的人。
這一生，妳對自己的愛，說到做到，而且永遠不變。

在研究他之前，
先了解自己

每當我又讀著讀者發到我臉書的私訊，當我又看見那一長串對他的形容，我都很想先打岔問：「先別管他的反應是什麼，那妳呢？那妳自己的感覺呢？」

親愛的，「妳的感覺」才是一份感情裡最重要的事。

可是當我們遇見了喜歡的人，很容易就會忘記了，忘記自己是為了要比一個人更快樂，才去尋找愛的。

妳開始把注意力放在他身上，他的反應，他對妳說的話。妳把自己煩死了還不夠，妳一次又一次地問著身邊的好朋友，用各種角度揣摩他的心意。妳開始看星座書，妳先翻到他的星座，妳想知道他究竟在想什麼？妳後來才看自己的星座。說真的妳認為自己的星座是什麼也沒那麼重要，因為就算裡面寫不適合妳也還是可以改；可是當妳在他的星座裡看見你們不適合，妳就覺得天要塌下來！

當我們太急著要擁有一件東西，反而會很容易就忽略掉自己的感受。

那是妳曾經看上的一雙鞋，妳一試就知道尺碼太小了，可是妳實在是太想要這雙鞋，於是妳告訴自己其實也沒那麼不舒服，堅定地回答身邊勸妳「再找找」的朋友說「我就是一直在找一雙這樣的鞋」。那是一雙妳後來沒穿過幾次的鞋子，妳幾乎不曾再想起它，因為它留給妳的都是腳疼的回憶，而且妳後來一定見過比它更美，重點是更適合妳的鞋子。

那是妳當時深愛過的那個人，妳陪他走過的那段路，明明那麼辛苦卻還是充滿著盼望，明明那麼不快樂，卻還是會因為他的快樂而感到開心。不合腳的鞋走不遠，硬要去屬於的愛，總是很容易就把我們推向局外。那份感情最後最讓人傷心的並不是妳的付出，而是他根本就沒有要妳付出。那是每個有情人最後的百口莫辯，他不是壞人，是妳傻！感情裡的壞人其實沒有那麼多，那一直是一個傻子比惡人多很多的世界。

我們都是在擔任過傷心的配角後，才發現自己更應該去成為快樂的主角。我們都是在花了那麼多心力去揣摩對方之後，才發現「適合自己」才是幸福真正的重點。

妳當然應該花心思去多了解對方，但是妳了解他的目的並不是要從此去迎合他，去討他的喜歡。妳是為了更確定這個人究竟適不適合妳？究竟能不能跟妳一起去創造幸福？

而我們都是在成長的過程裡才漸漸了解自己的。直到我們終於遇見「愛情」，我們最後才開始學習的是「愛情裡的自己」。所以也應該要給自己更多的機會，在每一次相愛的過程裡，去看見更多的自己。妳的每一場愛情，都是再一次的學習。不要急、更不要怕受傷，任何我們在感情裡的任性，最終傷害的都是自己。

妳在每一場傷心裡，看見的不再是遺憾，而是更清楚的自己。而當妳越了解自己，妳就會越發現許多傷心，真的沒有必要；許多不適合的緣分，其實並不需要開始。

妳會帶著那些了解前進，沒有人是感情裡的失敗者，是「不適合」，是他不適合妳！而不是妳不適合他。妳很健康，為了最後的幸福，妳願意更正面向前，關於妳的幸福，決定是不是的人，一直是妳，而不是任何一個不懂得珍惜妳的別人。

Note 4

會讓妳覺得自己不好的，都不是真的愛

生命中有很多我們自以為的「適合」，

其實只是一個表面的定格。

就像我們忘不了走過的櫥窗裡的一個光鮮的商品。

我們覺得喜歡，而且念念不忘。

可是生活卻是需要深究的。

所以，適合的才用得久。

所以我們後來才學會了，

會讓自己最舒服的東西，才是最適合自己的。

會讓妳覺得自己不好的，都不是真的愛。

這個世界最珍貴的，並不是財富，

而是你對世界的熱情，和對自己的相信。

如果妳愛上的人，會讓妳更看輕自己，

那這份愛也只是更窄小了妳的世界而已。

愛一個其實沒那麼愛妳的人，想念一個並不在意妳的人，

我們遲早會發現那只是一場夢。

然後，我們醒來，開始更好的新生活。

妳不會記得那場夢太久的。

就像我們總是記不得夢境太久那樣。

妳只是一時糊塗，他不可能是唯一，也絕對不會是最好的，

這世界比他好的人真的太多，妳只要走出去就會看見。

在曾經「深愛」之後，
在遇見「真愛」之前

如果愛也有座標，「在曾經『深愛』之後，在遇見『真愛』之前」，是不是就是妳現在正身處的經緯？

妳曾經愛過一個人，他曾經帶給妳許多的「第一次」，那不一定是妳的初戀，可是他卻還是給了妳那麼多人生的「第一次」。每個人面對的「第一次」也許並不相同，但感受卻很接近，我們感動、覺得冒險、最後靜謐地淪陷，在沒有人知道的那一刻，我們決定了這份感情的特別，那是我們的秘密，是我們當時又微小、又巨大的內心戲。

妳後來開始在那份感情裡吃苦，妳一直以為那就是愛一個人，而必須要的付出。後來妳才明白，那種苦叫做「寂寞」，那是「一個人吃苦」的寂寞。只是我們當時往往並不害怕在愛裡吃苦，所以我們才會繼續吃苦吃到那麼後來，直到我們終於走開，我們心碎，但幾乎不曾後悔，那就是我們曾經「深愛」過的感覺。

妳在後來的那些日子裡想通了很多事情。妳已經不再怪他，因為他已經完全不在妳的生活領域裡。妳承認自己偶爾還是會想起他，並不是想見他，妳比較希望的是跟他在回憶裡重逢。妳在那一次次跟回憶的重逢裡，發現他的臉越來越模糊，自己的臉卻逐漸清晰，那是妳當時忽略的表情，那是妳當時的勇敢和誠懇……妳這才懂了！原來在那個故事裡，最高貴也最該被珍惜的角色，並不是他，而是妳自己。

那就是我們在一場「深愛」之後的終於明白，原來我們最應該在那場傷心裡學會的並不是悔恨，而是更應該好好疼惜那個辛苦的自己。

妳開始努力「愛自己」，比起義無反顧地愛一個人，妳發現「愛自己」更需要練習。妳開始靜下來聆聽自己心底的聲音，妳再也不要把自己放在那個「隨之起舞」的位置。妳期待的幸福，也不再是由他人來說給妳聽的樣子。

妳不會在這條路上再忘記自己。妳已經知道自己想要的幸福，妳不是一定要找到誰，才能帶妳去那裡；妳是先知道了自己想去的地方，才去找一個人生的夥伴同行。

妳已經明白愛的自然而然跟無法強求，所以我們可以對愛所盡的最大的努力，並不是刻意去尋找，更不必去討好別人，而是要更寵愛自己。妳會做自己喜歡的事，盡情發展自己，享受自己只有一次的人生，妳要先成為自己喜歡的人，然後才在那條路上「遇見」另一個懂得欣賞妳的人，妳知道那才是幸福應該出現的方式。

在曾經「深愛」之後，在遇見「真愛」之前——妳知道這個城市像妳這樣正站在這個經緯上的女子很多，在走過了那一切之後，她們依然勇敢，還是願意付出，只是她們現在更懂得分辨，誰才真正值得她們的眼淚；更懂得做這個世界，最了解也最疼愛自己的人。

在曾經「深愛」之後，妳更懂得取捨，只有枝節而沒有主幹的愛，妳就不會讓它再繼續發生；在遇見「真愛」之前，妳不再著急，妳會慢慢享受，因為，妳早就給了自己最真的愛。

Note 5

自己就可以給自己的快樂，
才是妳今生最大的福氣

妳把人生的多少時間留給自己？

為一個不值得的人傷心，蹉跎光陰；

還是努力往前走，

讓自己可以在不同的階段，遇見更進化的幸福。

兩個人的時候，妳會為對方付出；

一個人，妳就好好寵愛自己。

兩個人是過程；一個人是完成。

生命中最純粹的變身，

總是一個人在靜默的自在中完成。

一個人才能聽見自己真正的聲音。

一個人，看見的、感觸的，才是妳最深的記得。

一個人或兩個人，都是妳生命最自然的發生。

一個人或兩個人，都是妳接下來，更好的地方。

妳一直知道，不必因為別人，

自己就可以給自己的快樂，

才是妳今生最大的福氣。

人若精采，天自安排

妳如常下班，如常地踏上回家的路，那是妳在接下來許多「如常」的放空裡突然的一個清醒——妳發現自己已經有一陣子不曾想起他；妳發現，原來他已經徹底離開妳的生活。

他曾經也是妳的「如常」，你們一起做過的事情那麼多……比起剛分手時只要一想起就會淚如雨下，妳發現自己現在再看那些回憶的時候，竟然也可以如此平靜了。

如果是現在的妳，分手會不會比較灑脫？會不會比較容易放過自己？能不能少一點辛苦？能不能少走一點路？妳在車水馬龍的大街上，好像聽見了自己突然問自己的聲音。現在的妳，是真的有足夠的經驗跟證據，可以教當時那個脆弱的自己了。

那不是我們自願走上的路——我們帶著自己的故事，踏上那條叫做「走出來」的路。那是我們在傷心的混亂裡，突然想要的

「簡單」，我們後悔，甚至希望那段感情根本就未曾發生，因為那樣我們就不會如此傷心。我們舉步維艱地前進著，感覺終點是那麼無窮無盡……突然有一天就那麼走著走著地發現了：原來，曾經以為不可能走出來的，最後也還是走出來了。而當時自以為的「可惜」，事實證明，也早已被棄如敝屣。

妳現在懂了，這個世界可以爭取的事情有很多，但並不包含「強求」愛。一段早就該結束的緣分，也許可以被拖長，卻一樣不會有結果；不適合妳的人，就算進入妳的人生，最後也還是會離開。

妳也不再後悔，跟原諒無關，而是妳明白人生有許多路無法省略，也不用後悔，就是非得走過了才會真的明白。

妳在這條路上，對愛最大的體會，就是妳再也不要把時間浪費在一個總是讓妳苦苦等待的人身上。妳再也不會以一個不曾對妳用心的人的觀點，來作為自己好或不好的標準。那是妳的人生，妳會努力往前走，妳會小心，但就算受傷妳也不再害怕，因為妳真的經歷過了、看見了，每個努力真正的盡頭，並不是傷心，而是一個蛻變後又更好的自己，會等在那裡。

妳終於明白生命的「水到渠成」，許多事情都是「更好」的過程，許多事情，時間到了就會自然而然地發生。於是，悲傷會好，幸福也會再來。

「花若盛開，蝴蝶自來；人若精采，天自安排。」

妳想說的，大概就是這個意思吧！若要妳對這段路最後下個註解，這也是妳最真心的感受嗎？

然後妳又回到如常，繼續那條如常回家的路，妳是真的不再愛他了，然後妳揮手要前方的公車停下，妳跳上車，那是妳很確定的方向。

妳總會做到的，妳已經不再是那個只能期待下一次運氣會更好的人，妳現在也擁有了更好的眼界。妳不是因為幸運地遇見了一個好人才能幸福；妳是因為擁有好眼光，才跟那個好人一起牽手走去幸福。

Note 6

妳一定是先覺得自己很好，
才會有足夠的眼界去看見更好的人

為什麼會那麼急著要愛呢？

是因為真的遇到了好的人，還是不自覺地把所有的問題都交給愛？

如果妳期待自己的不開心、不順利，

都會因為遇見那個人，而全部消失。

這種心態的愛，最後都不會長久。

妳終於會遇見的那個人，他一定會保護、照顧妳。

可是，那一定是因為妳很可愛，而不是因為妳很可憐；

一定是因為妳很迷人，而不是因為妳有很多問題，需要他解決。

不要問愛何時會來，

而是妳什麼時候才會真的準備好，用對的態度去擁抱愛。

妳一定是先把自己照顧好了，才會得到另外一個人的欣賞跟珍惜；

妳一定是先覺得自己很好，才會有足夠的眼界去看見更好的人。

親愛的，這世界並沒有天生愛妳的王子；

卻絕對有一個願意跟妳一起努力的好人。

LIBRAIRIE
Crémazie

要先懂得珍惜自己，
才會把自己交給一個懂得珍惜妳的人

這位發私訊到我的臉書的讀者，把自己那麼長的悲劇，說得像風一樣快……

她說自己是單親家庭的小孩，十五歲，在她還沒讀懂健康教育男女差異的那個章節之前，她懷孕了！對象是她打工餐廳的老闆的弟弟。她狀況很差的母親並沒有幫她，於是她只好嫁給那個男人，然後每天早上站在陽台，挺著肚子望著下面去上課的同學們偷偷地掉眼淚。

她說自己很喜歡念書，婚後排除萬難去念了國中和高中的補校，她的丈夫不喜歡她那樣，說女人學歷不用那麼高——那只是他們不適合的冰山一角，在積累了很久的後來，那年她二十六歲，她自殺，他終於答應跟她離婚，可是在簽字的時候撂下狠話：「妳只是一雙被穿過的破鞋，沒有人會要的。」

她後來繼續半工半讀地把大學念完，那是她的夢；她還有另外一個夢，那就是擁有前夫說她已經不配再擁有的幸福。後來她終於遇見他，那是她第一次的自由戀愛，所以她用生命去愛。四年後，她發現對方劈腿，她以為最後起碼會得到對方的一句道歉，可是他卻對她說：「我們不會有未來的，因為妳的過去，我家裡的人都無法接受妳。」那天，她哭著離開，原來最後不對的人還是她。

後來的那些年，她陸續遇見了一些人，那些人都曾經給過她溫暖，可是他們最後都還是給她傷害。

即便，多年後她都已經努力往前，走上自己想要的路，可是她還是經常哭著夢見那個十五歲的女孩；即便在多年後，她都已經可以勇敢獨立生活，可是每當她好像又遇見幸福，都還是會脆弱得一塌糊塗。

這不是一個單一的故事。這是每一個曾經在感情裡狠狠摔過跤的人，都懂的心痛；這是每一個在多年後，還在責怪著自己，還帶著那個陰霾前進的人，心底的從來沒有真的放下。

這些年來，妳努力忘掉那場痛，妳抬頭挺胸勇敢往前走，都已經走得那麼遠了，一回頭……才發現原來當時那個傷心的女孩，其實並沒有真的走開。才發現，原來那個一直被妳壓抑在心底的女孩，其實還是在後來的那些最重要的關鍵時刻裡，左右了妳的未來。

妳還是渴望愛，而且是越受傷越渴望愛的救贖與安撫。妳在後來的那些愛裡面所學會最大的「勇敢」，並不是更果斷地選擇值得妳愛的人，而是認命地接受連自己都承認的缺陷，認命地接受那些妳盼望會給妳幸福的人，對妳的不尊重。

每個人都一定會犯錯。但並不是每個人都有同樣的好運，在犯錯的時候，身邊都有人可以幫忙。於是，有些人犯的錯，很快就被解決；可是也有一些人，卻因為沒有人幫忙，而影響了自己接下來的一輩子。

親愛的，只要是我們不曾學過的，就不能説是犯錯。這世界沒有人可以提早教會妳的就是「愛」，所以妳當然不必因為錯愛了幾個人，就覺得自己已經殘破；更不必因為努力了幾次都沒有找到幸福，就必須告訴自己要認命地退而求其次。

這些年，妳都已經那麼勇敢地往前走了，覺得自己應該有足夠的力氣了，那讓我們再多用一點力氣，回頭去帶上那個還留在原地的女孩。用妳的愛去愛她，告訴她所有的「錯」跟「對」，都是生命的一部分。告訴她，妳從來沒有想要遺棄或遺忘她，相反地，妳希望妳們可以一起長大——妳希望此刻的自己，並不是覺得自己終於從那些悲傷裡走過來；而是妳真的擁有能力，不只是鼓勵自己，而是妳真的做到了，幫助自己、愛自己。

那是每一個傷心人，跟某一個曾經傷心的自己，最後終於的和解跟緊緊相擁。

那是我們欠自己的，最後的一個祝福的擁抱。

於是妳們就一起說好了，從此，妳會好好照顧自己，會把自己放在最前面。一起練習自己就可以對自己好，而不是因為別人的給予，才覺得自己能夠變好。

妳不會再把幸福寄託在別人身上，妳是屬於自己的，妳會走自己的路，看自己想看的風景。那是妳的人生，妳很珍惜，不能帶妳去更好的地方的人，妳就不會讓她靠近。

「角子，謝謝你的回覆，看完你的信我淚流不止，我會加油，會帶著十五歲的自己一起成長的。」我看著她後來的回訊，我沒說，可是我的眼淚也掉下來。

恭喜啊！信的最後說著她就要拿到碩士的文憑了，最近也開了自己的小公司。我答應妳，最後隱去了那些關鍵的訊息，讓這封信成為我們之間的秘密；可是，這麼努力的人生，我捨不得不拿出來，告訴那些還背負著傷心努力往前走的人，妳從來不知道自己的勇敢，有多麼的美麗與珍貴。

就是那樣的一個轉身，妳真的已經答應自己了。妳一定是先喜歡自己，才會更值得別人的喜歡；妳一定是先懂得珍惜自己，才會把自己交給一個懂得珍惜妳的人。

H&M
salesforce

MetLife

Note 7

「愛」可以孩子氣，
可是「幸福」一定是大人的

「愛」可以孩子氣，可是「幸福」一定是大人的。

妳不會縱容自己，不會一錯再錯，
因為只要錯習慣了，就很難再回頭。
大人也會哭，可是哭完他們就會上路，他們不是比較懂得原諒，
而是他們明白，一定要前進，傷口才會好得比較快。
大人的時間很珍貴，
他們寧可把餘生拿來尋找幸福，跟相愛的人共度，
也不要氾濫想念和傷心，在一個早就走遠的人身上。

大人的愛情很真實。
你們總是會把彼此放在心底。
即便是一個人，也能感受到兩個人的勇敢。
不用說，也可以聽見彼此鼓勵的聲音。

剛初識，你們都是愛裡的孩子。

然後兩個人一起努力長大，

因為你們知道，

一定要努力變成大人，才會幸福。

努力去找那種人，
也要努力成為那種人會喜歡的人

妳特別喜歡某種類型的人，也許是天生喜歡，也許是因為受到某個人的影響。當妳越覺得那種喜歡是一種「命中注定」，就會更強化妳的喜歡，讓妳更理所當然地越來越只喜歡「那種人」。

妳想像過會跟「那種人」相遇的場景很多，那就是我們曾經在某個年代對愛的無比相信，我們認為愛會在無時無刻、隨時隨地都有可能會發生。我們當然都曾經遇見過幾次自己心目中的「那種人」，如果他們沒有剛好喜歡我們，那愛就變成了傷害。

我們希望自己喜歡的那個人，剛好也可以喜歡我們，一切就是那麼命中注定，那種感覺真的超級完美，可能也就是因為「太完美」了，所以這樣的情節，我們很容易就會在戲劇或小說作品裡看見，在真實生活裡卻很難發生在自己身上。

並不是妳不好，也跟運氣無關，而是妳喜歡的那個人，他也是人，他也跟妳一樣會有自己喜歡的「那種人」。

所以別氣餒，也先別怪命運。不是等愛給妳機會，而是妳應該給愛多一點可能。把自己封閉起來沒人看得見妳，妳應該打開心門，努力去找那種人，更重要的是，也要努力讓自己成為那種人應該會喜歡的人。

如果妳喜歡的是一個擁有藝術氣息的人，那妳應該要有自己的美學觀點；如果妳喜歡的是一個幽默風趣的人，那妳就要懂得放鬆跟自在；如果妳鍾情的是一個瀟灑不羈的浪子，那妳可能還要懂得給他自由；如果妳就是獨愛陽光運動男，那妳應該要不排斥走向戶外……這些都只是精神上的匹配，還有在穿著打扮跟生活作息上，也要成為那種人會喜歡的類型。這樣子兩個人才會有交集，一起生活也才不會有太大的差異。

當然，任何事情都會有例外，這世界一定存在著某些人，就是喜歡跟自己完全不同的人，但那畢竟是例外，我們應該努力的還是常態，因為大多數的愛都是常情，而不是傳奇。

在努力的過程中，還有一件非常重要的事情，就是也可以再檢查看看，自己一直喜歡的「那種人」，究竟是不是真的適合自己呢？

如果妳發現去成為那種人會喜歡的類型，並不是真正的妳，也不是妳想過的生活，那或許妳應該想想，自己真的要繼續堅持只喜歡「那種人」嗎？有沒有可能正是因為如此，才會讓自己一直不幸福呢？

努力去成為那種人會喜歡的人，其實就等同於在為自己爭取幸福。妳沒有在等著愛從天上掉下來，妳的幸福並不是得來僥倖，妳是真的讓自己發出了獨特的光芒，也只想給那個懂的人看見。

並不是為了討好他，妳真正在討好的是自己。妳是真心想成為那樣的人，妳是真心欣賞那樣的自己。妳很清楚地知道自己正在走的路，正在努力前進的方向，妳從來沒有這麼自信過，並不是因為那個人一定會在前方等妳；而是在遇見他之前，妳早就已經先成為了，那個最真心喜歡的自己。

Note 8

一個懂得欣賞妳的堅持的人，
才能跟妳一起把愛變成幸福

後來妳才懂了，所謂的「做自己」的第一步，並不是「做」。

而是要先想清楚，什麼才是妳真正想成為的「自己」？

什麼樣的自己才是一個妳會欣賞跟快樂的人？

在想清楚之後，努力去實現自己。

不管別人怎麼認為，都是妳眼中最迷人的樣子。

所謂的「愛自己」，並不是永無止境地順從自己。

禁止自己去愛上一個不珍惜妳的人，

離開一個沒有未來的幸福，是「愛自己」更極致的表現。

從前，妳以為做自己、愛自己是一種口號，

現在它們是妳最真實的走過和做到。

妳正在成為最誠實的自己，妳正在享受最美好的人生。

妳知道幸福不只是「喜歡」，還要「欣賞」。一個懂得欣賞妳的

堅持的人，才能跟妳一起把愛變成幸福。

妳會把自己的心照顧好，
因為只要心好了，人就一定會越來越好

生活是不容易的，感情的樣子很多，再強的心，有時候也會受傷。

你在這個城市生活，有時喧譁、有時寂寞，有時在一群人裡面清醒著，有時在一個人的時候，卻突然迷惘。

妳不想無病呻吟，妳一直很努力，努力讓自己勇敢，有時候也會努力讓自己不在意。妳有幾個好朋友，你們偶爾靠近，交換一下最近的心情，但這些年下來你也已經清楚，對知心把心底的話說出來，是發洩；可是真正能夠給妳答案的人，還是自己。跟朋友促膝長談或把酒言歡都是享受；自己跟自己的誠實對白，才是妳現在生活裡最踏實的陪伴。

在每個日月星辰，在每個當妳一個人又全新的早晨，或是微失眠的夜晚，妳都不會忘記要對自己說說話，那是妳對自己的鼓

勵與諒解，是妳對自己的疼愛與尊重。

妳會原諒那些不是故意傷害妳的人，因為當你無心犯錯，妳也會希望被原諒。妳不會在意那些耳語，不會在意在背後詆毀妳的人，因為他們竟然沒有把最珍貴的人生，拿來讓自己更好，而是虛擲在找別人的麻煩，所以他們自己的人生總是如此貧瘠。他們總是又憤怒又自卑，那是因為妳輕易就做到了他們所不敢做的，那麼輕易就打破了他們無法走出的框架。最可悲的是他們的懦弱，因為他們最常採取的姿態是躲在人群裡耳語，他們甚至連走出來跟妳當面把話說清楚的勇氣都沒有。

妳不會羨慕誰，因為妳知道在這裡獲得的人，一定同時也會在某處失去，那就是人生的得與失。妳不會再強求不屬於你的幸福，因為妳知道「愛」也許單方就可以成立，可是「幸福」卻一定要雙方一起努力才可以。

妳知道這世界「愛」的樣子很多，它們有的眩惑、有的樸實，有的是妳所初見，有的卻似曾相識。它們有的朝妳迎面而來，有的在生活的轉角暗自發生，從前妳會把它們都當成特別的「緣分」，現在妳知道有些感情就只是路上的風景，不小心誤闖了，妳也懂得要馬上努力走回來；也可能一下子就被妳識破了，妳就頭也不用回地經過。

沒有人可以阻止妳的夢想，沒有人可以阻止妳想要的幸福。妳真正要的幸福並不在必須費盡辛苦才能走到的遠方，也不是一定要遇見某個人才能給予。妳最懂自己，永遠在自己身旁，妳最真實感受到的幸福，就是每一個妳可以讓自己更快樂的現在。

妳已經了解，那就是妳只有一次的人生，沒有人可以主宰，妳給自己的幸福，也沒有任何人可以帶走。

妳寧可在很早的時候，就已經為「做自己」而付出該付出的代價，也不要在臨死前，才發現自己從來沒有誠實地活過；妳寧可在找到真愛之前，就已經自己先好好愛自己了，才不會最後才明白，原來自己終其一生都把幸福的可能，放在別人的手裡。

世界很大，生活的可能很多，快樂的時候、悲傷的時候，妳都不會忘記要跟自己說說話。妳會記得把自己的心照顧好，因為只要心好了，人就一定會越來越好。

妳會好好對待自己，帶著那個勇敢自在的心大步前進。妳對那些不喜歡妳的人最大的反擊，就是妳一直走在自己想走的路上，而且越來越喜歡自己。

Note 9

不適合的人，
就算進入好的人生，最後也還是會離開

妳寧可一個人簡單的過，

也不要在一段複雜的感情裡，複雜地感受著。

妳知道早就該結束的緣分，

可以被拖長，卻一樣不會有結果；

不適合的人，就算進入妳的人生，最後也還是會離開。

妳只要真的屬於妳的東西，

不該妳的，妳就不取，

因為妳知道所有的強求都必須付出代價。

妳總會明白，

隨波逐流的人生，總是很難抓住真的幸福。

想清楚自己真正想要的，

就算過程比較辛苦，妳也知道錯過的那些其實並不可惜，

而自己正在堅持的，又是多麼值得的事情。

「騎驢找馬」的人，只會一直找到驢子

「角子你好，我有一個交往兩年多的男友，他雖然很疼我，但總是把我的話當成耳邊風，所以我們經常吵架。前陣子因為另外一個男生的出現，我開始『比較』他們誰比較在意我？後來，我跟男友分手了，可是分手後我常常哭，我常常在想自己是不是真的比較愛這個男生？那天前男友問我要不要復合？我很猶豫，不知道回去後會不會繼續吵架？可是錯過前男友，會不會就再也遇不到願意疼我的人了？」我看著手機傳來的臉書訊息，突然覺得那或許也是大多數的我們的尋愛進化史。

妳渴望某種愛，想要某種類型的人，然後在一次又一次的失望裡被逼著懂了：原來「愛」無法預先想像，而是妳得走進去，才會看清楚愛真正的樣子。

說不上那究竟是我們後來對愛的「退化」還是「進化」，我們退化的是不再對愛的樣子堅持，我們進化的是對愛開始運用

「比較法」。我們會愛上A，我們會很快地定義那是「愛」，我們也很快地就發現對方的缺點，然後當我們遇見B，我們會用B來看A的缺點，最後我們總是很容易就會選擇B，直到另一個C的出現……那是我們談感情談得很忙，卻並不轟轟烈烈的一段時光。我們會在那段時間裡認識一些人，卻沒有一個是真正深刻的。我們過得多采多姿，可是為什麼最後還是有一種白忙一場的感覺?! 我們明明是一路都在比較後選擇了更好的人，可是為什麼後來還是沒有比較幸福?!

我們不是故意要「騎驢找馬」，可是我們好像還是不小心就「騎驢找馬」了。

我們曾經堅持過，可是我們好像還是不小心就妥協了。因為我們不喜歡寂寞，因為我們太需要自信，因為我們總以為先握有S號幸福，將來才比較有機會去換成XL的幸福。

終於我們發現了這個比較法的迷思：為了要盡快走到幸福，我們很輕易就把喜歡的某個人放在「愛」的位置。即便我們已經發現對方其實跟我們並不適合，我們也沒有馬上離開。因為我們需要下一個出現的人，展現更好的優點，來證明A真的不好；來證明我們並沒有失敗，而是繼續在幸福裡進化。

我們所忘記掉最重要的是，用B的優點來比較A的缺點，會不會對 A 很不公平？會不會讓我們一不小心就忽略了，其實 B 也有其他更多的缺點呢？是不是因為這樣，我們才會持續地在那條前進的路上，以為是在找馬，卻其實只是一直在換驢子而已?!

於是我們才明白幸福並不是一種「相遇」，不是妳遇到某個人就會成立幸福。幸福「一起走到」，是一個不只適合妳，也還要願意跟妳一起努力的人，最後的牽手抵達。

「幸福」是兩個人一起在那條路上的持續進化；而不是由不同的人來接棒，就可以走到幸福。那些在幸福發生之前必然的寂寞，如果走來的不是那個適合妳的人，妳就寧可一個人好好生活。妳不再相信愛的比較法，因為妳知道「比較」出來的喜歡，都不是真的幸福。

妳總會知道誰才是真的能夠給妳幸福的人，那就是跟妳說不要比較，可是妳還是不自覺地拿他跟許多人比較了，結果是他明明輸了，可是妳竟然不想換。因為那只是表面上的輸，也只有妳心底知道，他的好。

那就是「幸福」的滋味。那就是我最後決定把我的回答寫在這裡，獻給每個還在堅定等待著的人，那是妳們最後一定會體會的滋味。

Note 10

「幸福」最簡單的內涵，
就是：安心

妳要的只是一份「簡單」的愛。

其實所謂「簡單」的愛情，

並不是它的內涵很簡單，而是它成立的理由很簡單。

就是兩個人都會把對方當成很重要的人，

會覺得一旦失去了很可惜，

也沒有把握，可以再遇見對自己這麼好的人。

妳不需要猜測他的心意，也不用擔心最後是糊塗一場。

妳終於明白所謂簡單的愛情，它的內涵就是「安心」，

就是當妳想起他，當妳想起你們這段一起走過的感情，

就覺得很安心。

簡單，是因為懂得取捨和判斷。

簡單，是因為懂得欣賞和珍惜。

從前，妳對愛的想像比較完美；現在，妳要的愛更接近真實。

它一定是雙方、雙向的喜歡和珍惜，

因為幸福，絕對不是單方面的付出，就可以成立。

從前，妳花很多時間去尋找各種愛的可能；

現在妳覺得愛的樣式也許很多，

但會讓妳幸福的，卻絕對不會有太多種。

妳知道，這個世界會繼續誘惑妳的愛很多，

但妳已經知道了，什麼才是妳真正需要的愛。

把最好的自己，
留給最後那個最懂妳的好的人

妳總是很難在愛裡全身而退，每當妳要離開一份感情，總覺得自己有一些東西遺落在那裡，而且就算再努力也找不回來。

後來妳才知道，原來留在那裡的是妳的心。都說好要各走各的了，妳的心卻還是跟在他後面，妳還是愛著他、還是渴望知道他的消息。妳後來是被現實又呼了好幾次的巴掌之後，才真的清醒了！原來大多數落幕的愛情，都沒有 encore 曲；原來他真的跟妳不一樣，可以那麼輕易就重新開始生活。

又或者，他只是如常地作息，繼續保有他的習慣；不像妳，妳的重新開始那麼困難，每一秒妳都需要全力對抗。當我們奮力要離開一個人，我們只能二分，只能活在完全沒有對方的世界裡，因為任何「他」的痕跡都會讓妳軟弱。那是我們對自己「分筋錯骨」的日子，我們下重手要把對方從我們的過去支解開來，那是我們唯一會的方法，我們很笨、但我們也很強，我們懷疑自己會撐不下去，但最後我們還是又都活了過來。

每場傷心都是一場蛻變。傷心很苦，可是傷心也會讓妳冷靜，妳就是在那一次次覺得「一個人」的孤冷裡，終於看清楚這整件事情的不值得。在這場妳一直以為叫做「幸福」的感情裡，妳從來沒有享受過純粹的幸福。而那個妳一直渴望可以陪妳一生的人，其實也從來沒有真的在乎過妳的在乎。

妳這才懂了，在愛裡，「想清楚」比「付出」重要；「選擇」比「努力」重要；一個覺得「妳很特別」的人，會比妳覺得「他很特別」更重要。

直到我們終於在那份感情裡看見自己，看見了自己的孤單和可惜，我們才終於替那段感情畫上了一個句點，然後對自己承認，這世界可以努力的事情很多，可是只有感情是努力不來。把自己的「好」，硬塞到一個不懂得妳的「好」的人手上，對自己又是多麼不公平的事。

每場傷心都會讓我們變得更好，妳在每一場傷心的最後看見的不是失去，而是更清楚的自己。每個人都有自己的際遇，該流的眼淚、該遇見的那些傷心和錯的人，然後在那些際遇裡，讓我們選擇讓自己變得更好。每個人都有自己的傷口紋路，那不是我們願意受的傷，可是後來也是那些紋路才讓我們成為特別。成為那個真的懂得欣賞我們的「好」的人，辨識妳的紋路。

不再相信愛的時候，就停下來靜靜等待，讓下一份愛自然走來，告訴妳什麼是愛；不敢再相信人的時候，就先跟自己好好生活，聽聽自己究竟需要一個什麼樣的人，才能給自己更好的人生。

妳懂了！妳會的，把最好的自己，留給最後那個最懂妳的好的人。

Chapter 3.

你要的幸福。

Note 1

這世界，只有不純粹的幸福，沒有來不及的幸福

那是妳珍貴的人生，

妳享受自己的際遇，也知道每個人都有自己獨特的時間表。

妳不會把自己的權利，交到別人手上。

妳不是一定要遇見誰，才有資格幸福。

妳從來沒有少得到幸福。

一個人，妳就給自己幸福。

妳不會強求，不會著急，更不會屈就自己。

不能給妳，比妳所能給自己更好的愛，妳就不參與。

妳一直在自己的幸福計畫裡。

關於幸福，妳從不陌生。

不是一定要在幾歲之前完成幸福才可以。

妳一直走在幸福的路上。

妳越來越清楚，這世界，只有不純粹的幸福，

沒有來不及的幸福。

寫下妳的「幸福清單」，
記得妳要的幸福的樣子

妳想像過「幸福」的樣子，後來妳才發現，其實妳想像的並不是幸福，而是「人」，因為每當你愛上了不同的人，幸福就會有不同的樣子。

那是妳後來跟幸福賭氣的一段時光，妳説妳不再相信幸福，因為妳見過了那麼多種幸福，卻沒有一種幸福最後會真的存在。

也只有在那麼疲倦的時刻，才懂得真心問自己一句：「什麼才是我要的『幸福』呢？」在見過那些幸福，也因為那些幸福而受傷之後，讓我們試著去蕪存菁，把那些華而不實的枝節去除，只留下那些會讓人幸福的「關鍵字」。

可不可以為了幸福，把那些妳要的幸福的「關鍵字」寫下來呢？是「誠實」還是「幽默」？是「穩重」還是「浪漫」？還是妳對幸福還有別的看法？在把那些妳一定要的特質寫下來之後，終於妳也在尋找幸福的多年以後，擁有一張屬於自己的「幸福清單」了。

每個人的「幸福清單」，都不會相同。每個人適合的幸福，也不會完全一樣。於是，妳這才懂了，跟別人「比較」幸福的沒有必要。

幸福是一種「生活的總和」，是你們彼此的優、缺點混合之後的結果，如果最後你們還是覺得快樂，還是很想留住這份關係，那就是屬於你們獨有的幸福。這樣妳也就明白，拿自己愛的人的缺點，去跟別人的優點做比較，這種單一取樣、斷章取義的比較方式，對你們的愛是多麼大的傷害跟不公平。

妳應該專注在自己的幸福，專注在那張你親手寫出的「幸福清單」上。妳接下來遇見的人，是不是符合上面的特質？如果不是，再迷人妳都要讓他經過，因為妳從前也遇過那樣的人，他們會給妳快樂，可是最後也會讓妳傷心；因為那只是「愛」，而那樣的愛最後不會變成妳想要的「幸福」。

於是妳也才懂了，最後符合那張清單的那個人的可貴，在充滿細節的生活裡，妳總會提醒自己那張清單，只要那些關鍵字還存在於你們的關係裡，只要他的特質還是沒有改變，那妳就不會被那些生活的細節絆倒，就沒有任何事情可以左右妳所感受到的幸福。

我們就是在帶上那張清單後的日子裡，一步一步地琢磨出來了：原來幸福不只是「快樂」，它更經常是「紀律」，是妳不只要懂得去爭取，更要懂得堅持許多的「不要」，才會得到的結果；幸福不是有了還要更多，最好的幸福，就是此刻被妳握在手中，妳一直如此確定的幸福。

妳知道什麼樣的人才適合自己，知道這份感情雖然平凡但其實是兩個人最甜蜜的努力，知道你們的幸福已經隨著年月又進入了下一個更雋永的階段……妳一直都那麼清楚地知道。

因為妳已經寫下了那張專屬於妳的「幸福清單」。妳一直記得自己真正想要的，幸福的樣子。

Note 2

是因為珍惜，
所以才擁有了幸福

這不一定是妳人生最好的時刻，
卻是妳最懂得什麼叫做「好」的時候。

妳知道最好的愛，並不是擁有許多浪漫事件，
而是兩個人踏實安定的生活。
最好的禮物，並不是鮮花鑽石，
而是他始終將妳的話，放在心上。

幸福並不是收集，
不是一直期待對方又將為妳做什麼。

幸福是細心感受，
是每當對方又為了妳而調整了，妳總是以感謝回報。
不是因為幸福，所以才學會珍惜。
是因為珍惜，所以才擁有了幸福。

妳真正要找的，
是一個可以陪妳一起慢慢走的人

妳從不輕易進出愛，一旦愛上了妳就會好好愛；受傷了，就好好傷心。妳也不是愛的天才，妳羨慕那些很快就拿得起放得下的人，妳總是怎麼走進愛，最後就只能怎麼辛苦地慢慢退回來。

妳跟他的這份愛並不是單戀，妳是很確定了才走進來，只是後來妳才發現他所說的「在一起」，只發生在愛剛開始的時候。你們在那段感情裡真的「在一起」的時間並不多，妳大多數是一個人寂寞。

妳聽過許多更好的方法，可是對愛總是真誠的人，注定學不會取巧，妳還是只會用「傷心」退出那份愛。妳的速度真的很慢，尤其是比起他牽著妳的手衝進這份愛的速度，當時他拉著妳跑的速度那麼快，可是他帶妳做過的每一件事情妳都還是記得好清楚——那些記憶都成為妳此刻正在退出的路程，妳用著再怎麼努力都走不快的速度，每個細節、每道紋路，都變成妳傷心的日月星辰。

妳在那些舉步維艱的分秒裡，在那些不確定下一步該往哪裡走的茫然裡，妳唯一看清楚的是那些曾經在感情裡帶妳飛跑的人，妳以為那就是愛的神奇與衝動，後來妳才發現，那些單憑直覺的人，跑的經常只是自己想跑的路；那些看起來很衝動的人，他們想去的地方很多，所以不一定是跟妳，跟別人一起出發也可以……妳被失速地放逐在寂寞洪荒裡，終於明白會讓妳幸福的並不是馳騁著速度的白馬王子，妳真正要找的，是一個可以陪妳一起慢慢走的人。

妳沒有要他走很快，因為妳知道再多的承諾，都比不過他總是在妳身旁，永遠給妳的肩膀；妳沒有要他給很多，因為妳知道給得越急促的人，回收的速度也就越快。

妳已經知道在一份感情裡追求「速度」的沒有必要，妳最應該在意的並不是速度，而是他是不是真的始終跟妳走在「一起」。那更是妳在這場傷心的沉澱裡的終於明白：如果「幸福」是我們渴望的目的地，妳不必先遇見誰，才能帶妳去那裡；妳是先知道了自己真正想去的地方，才去找一個適合的人生夥伴同行。

所以我們才更需要那些「慢慢走」的過程，「慢」才能看得見彼此的感受，「慢」才能細細品味這一路所有，「慢」才能真的走入生活。

然後妳也才真的懂了，愛裡的「快」總是比較常見，最珍貴的是那些可以一直牽著手「慢慢走」的戀人，因為他們是真的感受到了，幸福就是一種從容、一種了解，還有安心。因為他們是真的在那些慢慢走的過程裡，體會到所謂兩個人的「一起」，並不是兩個人永遠步伐相同，而是我等你、你等我，最後才能「一起」走到幸福。

慢才走得遠，兩個人總是記得要牽著手慢慢走，穩穩地就走得到幸福。

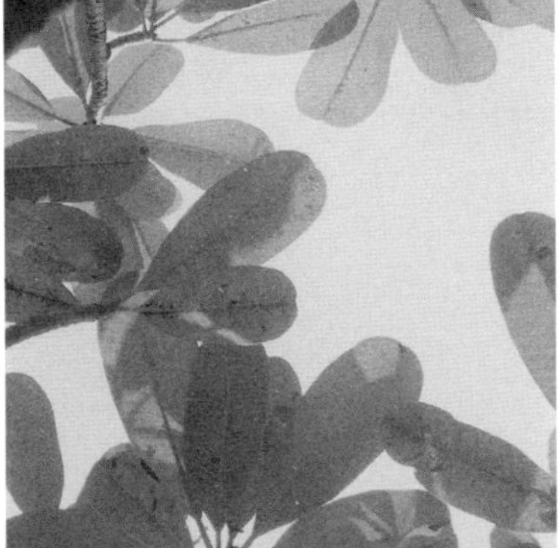

Note 3

只有那個在風雨中依然牽著妳的人
才能帶妳從愛走去幸福

妳已經能夠分辨「愛」跟「幸福」的差別。

給妳肩膀，那是愛；

還能夠讓妳變得更勇敢，那是幸福。

給妳讚美，那是愛；

還能夠讓妳充滿自信，那是幸福。

給妳承諾，那是愛；

還能夠真的陪妳一起走過，那是幸福。

妳享受愛的過程，

可是妳知道自己一直在努力尋找的，是幸福。

妳感謝那些曾經愛過妳的人。

妳已經可以了解，你們的問題並不是「只差一點點」，

而是他並不願意跟妳一起努力，把愛變成幸福。

讓那些不願意的人，自然地從妳的生命走開。

我們從來無法真的留住誰，

只有那個在風雨中依然牽著妳的人，才能帶妳從愛走去幸福。

你能給我最珍貴的禮物，就是「安全感」

妳遇過一些人，妳在感情裡收過的禮物有許多，如果可以選擇，妳想說：

「親愛的，其實我最希望你送給我的禮物，就是一份『安全感』。」

每份「愛」的開始都同樣甜蜜，可是它們後來大多數都只能成為走到幸福之前的過程。無法一起走到幸福的理由，每個人都未必相同；可是可以走到幸福的戀人，都一定有一個共通點，那就是他們從來都不吝惜給對方「安全感」。

妳聽過一些論述，也曾經在那些論述裡懷疑過自己，他們說：「『安全感』是自己給自己的。」那是妳在乍聽之下的突然解脫，「對啊！原來都是自己想太多，為什麼要靠別人呢？自己給自己的『安全感』，才是最牢靠的。」

妳在那條突然海闊天空的大道上，充滿希望地又走了一段，可是為什麼那麼快就又覺得孤單?! 妳最不明白的是，我們明明就在一份「兩個人」要共同經營的關係裡，可是為什麼還要一直提醒自己要自給自足呢?! 而妳明明就一路都給自己灌足了「安全感」，可是為什麼到最後還是得不到一份安全的幸福?!

妳這才懂了，原來「安全感」是他本來就應該要給妳的。因為一個能給妳「安全感」的人，一定也是一個願意對妳「用心」的人。只有用心，才能夠將心比心，才會了解妳的想念和擔心；只有用心，才能共一顆心，當妳安心，他也才會安心。

妳聽過關於愛的承諾有很多，妳聽過一種說法叫做「把心交給妳」，從前妳覺得很浪漫，現在的妳已經不需要那麼抽象的愛。與其給我你的「心」，還不如給我一份「安全感」，那是妳現在更懂得的務實的幸福。

那就是妳在經歷過那些愛的後來，最深刻的學會：這世界關於愛的承諾有很多，可是能給妳安全感的，才能跟妳走入長久的真實生活；這世界可以給妳愛的男人有很多，可是能給妳「安全感」的，才能真的牽著妳走去幸福。

妳已經知道，在一份愛裡的「說到做到」，並不只是對方是否信守承諾，而是妳是不是也真的做到了，想要在一份感情裡所成就的自己？關於幸福的接下來，妳不是他的附庸，也從不盲從，妳在愛的每個階段裡，都有一個想努力成為的自己。他應該支持妳，就像妳也總是盡力支持他，而每當妳又完成了那個階段的自己，妳就不會只有犧牲，妳還有完成；妳就不會只有失去，而是得到了更多的自信。

妳喜歡自己在每個階段的蛻變，欣賞自己在每個階段的成長，妳相信自己可以，妳總是說到做到，那就是妳在一份幸福裡，不是因為靠別人而得到，而是也靠自己去努力。那就是妳越來越相信，雖然這個世界並沒有絕對安全的保證，但就算妳真的遇上了，妳最後也一定可以再靠自己的力量，去找到自己想要的幸福。

那就是妳終於懂得的「安全感」的順序：是他必須給妳的「安全感」先成立了幸福，然後是妳自己給自己的安全感，讓妳得以在那份幸福裡，又擁有了自在。

妳還在等那樣的人，又或者妳已經遇到，妳會在尋找幸福的路上遇見一些人，會在愛的過程裡得到過一些禮物，它們有的充滿驚喜，有的實在缺乏創意，但妳知道那其實都不是愛的重點。妳會一直留在那份關係裡，是因為妳早就已經收到，他所能給妳最珍貴的禮物。也就是那份「安全感」，才讓妳在愛那麼多抽象的感覺裡，具體確定，那就是真的幸福。

Note 4

愛沒有絕對的「公平」，
卻一定有「互相」

妳努力為愛付出，

妳告訴自己愛就是不自私。

最後用了很多的慷慨，

才終於認清了對方的自私。

對不懂得珍惜的人大方，就是對自己最大的苛刻。

愛沒有絕對的「公平」，卻一定有「互相」。

不只互相喜歡，也要互相付出。

不只互相在意，也懂得互相包容。

愛不是賭博，

不是妳一次梭哈之後就再也不能回頭。

愛是定期定額，

總是懂得適時回饋的人，

才是妳應該持續投資的標的。

Staff Only

妳要尋找的一直是愛，
而不是一直教一個人，如何去愛

你們「在一起」多久了？

還是妳覺得你們並不像真的「在一起」，反而在說好「在一起」之前，你們比較常在一起，那個時候的你們很黏、很甜蜜。然後就在你們真的「在一起」之後，他開始有許多理由，許多他之所以不再像從前那樣的理由。

妳想過那也許是男女對愛的看法不同，男生是「擁有」，是當他已經擁有妳了，他就應該努力去追逐人生其他的事物；而女生是「歸屬」，就像妳認為自己已經歸屬於這一份感情，就應該為了這份愛而努力。

妳想過那也許是男女大腦結構的不同，男生比較擅長「專注」，所以他們永遠只能專心做一件事情；女生卻可以「一心多用」，就像妳即便工作再忙，也還是可以掛念著他。就算再累，

也還是可以看到、想到他的需要。

妳為他想過的理由很多，但妳從來沒有真的說服過自己，否則，妳怎麼還是會那麼寂寞？而關於他每次總是可以給妳的理由，妳覺得都很有道理，因為那會跟他天生的個性有關、跟他的成長過程有關，甚至跟某件事情曾經對他的傷害有關，總之都跟他的「過去」有關，並不是「現在」的他的錯。當他說起那些往事的時候總是有些悲傷，當一個男人跟妳坦承自己的悲傷的時候，妳很容易忘記自己才是真正的受害者，妳會挺他，直到妳變成了另一個悲傷的人。

妳不是沒有試過要跟他好好地談，妳不明白究竟是因為他自認沒有錯，還是因為心虛？不然他為什麼總是那麼容易就顯得不耐煩。妳才發現你們現在連說話都必須那麼小心而困難，妳從前總是可以對他的撒嬌，現在一不小心會變成懇求，妳不想那樣，於是妳只能掉淚，而妳那些眼淚也只是想跟他簡單地說上一句：你可不可以在乎我一點點就好？

妳不是不能夠體諒他的「過去」，可是他不能拿過去搪塞你們的「現在」，而你們連現在都沒有了，又怎麼可能走到「將來」？

妳不是沒想過要揮霍自己的愛，為一個自己喜歡的人付出，妳心甘情願。可是妳的「愛」也不是慈善事業，一個只收下妳的好，卻一點都不願意調整自己的人，妳再慈悲，最後也會心死。

妳更害怕自己成為那個一直在要求的人，而妳在要求的，卻一直都是那麼基本的愛。妳不想再耗費心力，只為了讓一個人「用心」，而「用心」又怎麼能夠勉強？一個從來都沒有把妳放進心底的人，又怎麼能夠強求他「用心」？

妳知道他沒有不愛妳，只是還不夠愛妳；他沒有不愛妳，只是他更愛自己。所以他在這段感情裡，才可以那麼純粹而絕對。於是妳也不想再改變他，也許「愛」對他來說，也只要這樣就好；可是妳所能夠對「愛」的付出，卻絕對值得另外一個跟妳一樣誠懇的人。

妳努力過了，妳從來沒有教會他什麼，妳唯一教會的人是自己。妳終於學會了：

妳要尋找的一直是愛，而不是一直教一個人，如何去愛。

Note 5

在愛裡最美的詞並不是「我愛妳」，
而是「一起」

後來，妳不再交出自己的心，

也不再輕易說那是愛，

因為一旦說愛，就很容易受傷害。

直到妳遇見了那個也願意把心跟妳放在一起的人。

妳才明白，

愛就是妳總是可以理直氣壯地去表達，對他的情感；

就好像他對妳的喜歡，也總是那麼明白。

妳不用擔心自己的姿態，更不必顧慮對方的心態，

妳那麼確定自己的喜歡，

是因為他也從來不掩飾自己對妳的喜歡。

多年後，在走了那麼多步之後，

妳終於明白在愛裡最美的詞並不是「我愛妳」，

而是「一起」。

一起，才走得遠。

一起，才走得到幸福。

真正的「依靠」並不是妳單方去靠近，
而是兩個人緊緊「互靠」

妳想要的，其實也只是一個「依靠」而已。

而大多數時候，我們會不小心錯愛一個人，就是因為我們實在太想要一個「依靠」的緣故。

妳曾經對那個「依靠」的想像很多，化成最簡單的字就是溫暖和安全。妳所遇見過的「依靠」，它們都曾經給過妳「類似」那樣的感覺。而我們之所以後來會用「類似」來形容那段「依靠」，是因為它們能夠讓妳靠的時間都不長；是因為它們起初給過妳的溫暖和安全，到後來卻都變成寂寞和悲傷。

妳不是隨便的人，妳不是平白無故就把自己的人生跟他的靠在一起。那是妳直到現在都還是覺得又珍貴、又充滿悔意的一次記憶——就是在那一個「人事時地物」都剛好對了的事件裡，就好像妳形單影隻的人生裡，突然出現了一隻可以拉著妳攀高的手，突然出現了一雙可以圈住妳的臂膀……妳從不知道那件事情對他來說，是不是像妳心中所想的那麼特別？其實妳知道一定不是，因為那是妳千金不換的記憶。如果那場記憶不是那麼珍貴，不是那麼觸動了妳的心，那妳又怎麼會在後來的時光裡，把自己的心全然地向他靠近?!

這世界「在一起」的故事很多，「在一起」也是許多愛情必要的開始，如果我們想尋找一個「依靠」就不能害怕去嘗試每次都必須經歷的「在一起」。可是「在一起」卻不等於「依靠」。因為能夠「在一起」只是證明你們適合一起快樂；能夠「依靠」才代表你們也可以一起吃苦。

我們都曾經錯把某個人當成「依靠」，妳懂他的快樂，也分享他的苦，那麼體貼地沒有在他的人生的任何一部分缺席。妳一直以為那是因為他是妳的「依靠」，那是妳為了生命中最珍貴的事物必然地付出。後來妳才發現原來妳才是他的「依賴」，而「依賴」跟「依靠」無關，「依靠」是一種忠誠，而「依賴」只要換另外一個也願意為他付出的人就可以。

那是每個曾經走過一遭的人最後的學會，癡心的我們，總是非得要拿著自己的心那麼貼近地走近了，才明白越是我們自己刻意去靠近的「依靠」，往往就越靠不住；越是我們想像靠近了就會溫暖的「依靠」，最後經常會讓我們比從前更孤寂。

妳終於明白，真正永恆的溫暖是「相信」。是相信在這個世界上一定有一個跟妳一樣堅持的人，堅持要讓自己更好，堅持一定要把自己交給一個懂得珍惜跟互相的人。

直到妳終於遇到那個值得「依靠」的人，妳會感覺到、也才會真的明白，原來真正的「依靠」並不是妳單方去靠近，而是兩個人都想緊緊「互靠」。互靠才會穩，互靠才能走得遠，互靠才會不管妳身在何方，都覺得溫暖。

Note 6

不要為一顆流星流眼淚，

妳要找的，是可以長久相伴的日月

生命中許多難以忘懷的美好，

經常是因為它沒有太多的後來就結束。

不要為一顆流星流眼淚。

妳要找的，

是可以長久相伴的日月。

妳總會明白，

真正的幸福，不應該是稍縱即逝的。

它應該與妳同行，

天涯海角，

妳也知道有一顆心，正在記掛著妳。

一個連陪伴都做不到的人，

妳怎麼還會奢望跟他一輩子。

一個不在乎妳傷心的人，

怎麼可能帶妳走去幸福？!

Alex FACE

妳總得跨過幾個讓妳傷心的人，跨過執著的自己，才能走到幸福

後來，妳已經幾乎不再提起他，不再提起那段感情，因為只有那樣，妳才能鎖住傷心。

妳現在有多傷心，當時就有多幸福，對不對？而我們在那些幸福的時刻，又何嘗沒有悲傷的預感呢？大多數的分開，在過程裡都早有蛛絲馬跡，只是，妳明明都預演過那場傷心那麼多次，可是為什麼最後還是那麼悲傷？妳明明都已經那麼努力了，為什麼最後還是那麼無能為力呢？

你們一定很適合，否則你們不會那麼快樂；你們一定也很不適合，否則怎麼會他早就已經開始新生活，可是妳卻還在那場回憶裡迷走著。

妳對感情的態度一直是既然決定要走，就好好地往前走，每一步地走到，都是一個認定，既然認定了就不會再回頭。可是他

跟妳不同，他可以在這一步跟妳一起看著幸福，卻在下一步又突然退回到起點。妳不知道那是不是因為他不夠勇敢？還是因為他還不夠確定？如果是這些原因，妳都可以等。妳最害怕的是，會不會這一切都只是一場遊戲而已？

妳對他的疑問那麼多，於是那場愛成為「迷宮」，妳走進去，在他用言語設下的路徑裡，揣摩著他的心意。跟其他的迷宮截然不同，他的話語，妳越認真聽，就越容易迷途。直到妳發現不是每一個迷宮，都一定有出路，妳才發現自己已經無路可走。妳才發現原來他一直都在迷宮的高牆之外。妳才發現，原來努力的人一直只有妳，而那份妳那麼想讓它更好的感情，對他來說一直都與他無關。

他的愛是「高欄」，所以才會讓妳不只重摔了一跤，連本來會的走路姿勢都忘記。妳不是只有傷心，妳是連從前一個人的快樂都忘記了。對這份感情，妳懂了、醒了，妳都已經下定決心要離開、要遺忘，妳不必再期待誰配合，這明明是妳一個人就可以做到的事情，可是為什麼要做到還是這麼艱難？!

我們奮力地想衝過那條叫做「遺忘」的終點線，卻失敗了。總是自以為好了，又失敗了。最後才默然地接受，原來走出來的路，真的沒有捷徑。最後，才終於看清了，原來走出來最短的距離，就是不要再往回走了！那是妳數不清多少次邊抹著眼淚邊鼓勵自己的，就是妳即便回去，他也早已經不在那裡。

妳會在那場傷心裡想很多，從想念他開始，到最後終於想到自己。我們都想平順，沒有人會故意在感情裡摔倒，所以我們在跌倒裡的思考才會特別深刻，我們是先被迫停下來，才會有機會去看見那些從前被我們忽略掉、或者故意不去看見的。

妳不是馬上就又站起來，妳是從以為自己再也無法，到自以為可以了卻還是又跌坐在地了……那是每一個終於又站起來的我們，最後訝異地發現，原來我們不是只有學會再站起來，我們學會跳得更高。我們不是終於從那個迷宮裡退出來，我們是終於靠自己，跳出了前面那道高牆……然後才能看見更大的世界，才有機會，去看見更好的人。

Note 7

「一輩子」是當你們年老，攜手轉身，才會真的看見的風景

說好要一起的「一輩子」，後來卻那麼短。

那些他答應要帶妳去的地方，

後來，妳都自己去了。

妳終於明白，這世界沒有一個地方，是自己一個人到不了的。

一個人看見的，是更精密的風景；

聽見的，是更貼近自己的聲音。

妳還是可能再回到兩個人，可是妳已經知道一個人的珍貴。

妳不是屬於另外一個人，妳是屬於自己。

妳不是一定要找到誰，才能帶妳去哪裡。

妳是先知道了自己真正想去的地方，

才去找一個人生的夥伴同行。

妳終於懂了所謂的「一輩子」。

用嘴巴說的一輩子都很短。

一輩子永遠無法提早預見。

一輩子是當你們年老，攜手轉身，才會真的看見的風景。

短暫的好很容易，
是持續對妳好才叫做「幸福」

妳經常走的那條路，有妳認為的樣子，突然有一天換個時段走，看見路上的人事物，都和妳印象中截然不同，妳才發現原來那條路還有別的樣子。

那也是妳從沒想過的日子——妳努力讓一切如常，努力不讓別人發現妳正帶著傷。也只有妳自己知道，原來心受傷的人，連想要把日子過得簡單平凡，都那麼艱難。

那是我們一旦去過就忘不了的「傷心空間」，妳正在走出一段感情，明明那麼努力地往前走了，卻發現心還是沒有跟上來；明明那麼努力地盯著現在了，可是為什麼每一個舉目所及的現在，都只是更提醒妳不會再有他的將來?!

我們在那個被抽色的灰白世界裡走著，想過退縮也想過要更勇敢，覺得自己可以又突然感覺脆弱……總是走著走著突然就在某一刻看見了這個世界的某件小事，而妳發現自己的感觸竟然可以跟傷心無關，妳才驚覺，原來這個世界又恢復了它的顏色，原來妳終於又走出了一個新的自己。

我們喜歡快樂，因為快樂很美好；我們討厭傷心，可是傷心卻經常讓我們有更多的學會。「傷心」會逼迫妳，可是「傷心」同時也會給妳新的角度和思維，讓妳重新去看見，在快樂的時候忘記看見、或者故意裝作沒看見的事情。

妳沒有騙自己，也沒有選擇捷徑，妳是扎扎實實地用了一場傷心，去告別那場深刻的喜歡。妳一直以為那條路的盡頭是「遺忘」，直到妳抵達終點，妳才發現自己並不是終於可以忘記，而是終於看清楚一個人，和想通了一些事。

妳終於看清楚那些妳曾經放不下的「好」，其實也只是他在那一刻的「信手拈來」，所以感情更重要的是「後來」，是我們在後來才能真的見證的：短暫的好其實很容易，是持續對妳好，才叫做「幸福」。

妳終於明白，幸福的關鍵字並不是快樂、甜蜜，而是「一起」。是兩個人可以一起吃甜，也可以一起吃苦。是不管妳的人生課題是什麼，他都願意陪妳一起走，一起互相成長。

讓那些只願意讓妳快樂一時的人，自然而然地走開；妳真正應該出發去尋找的，是那個會一直想要跟妳一起幸福的人。

用一場傷心，學會什麼才是值得妳珍惜的快樂，其實很值得。用一場傷心，認清要在一個錯的人身上強求對的愛，是多麼的愚蠢，其實也不算太壞。

妳還是偶爾會想起那段感情，妳不否認它曾經有過美好，但妳現在更清楚，有些人注定是過程，他們是美麗的風景，是春櫻、秋楓，眩惑卻不長久——妳會把那份美好定格在心底，卻不會再留戀。因為那不是妳要的，妳要的一直是一份可以陪妳度過四季的幸福。

那是妳在走出那場傷心後，在踏上新的路程前，答應自己一定要做到的事。

Note 8

真正的愛，
是妳不必去要，他就會努力給妳

妳知道那是他的習慣，他總是會在轉角前又回頭看看妳；

就好像他也總是知道，妳還是站在那裡目送著他。

妳接受他的粗線條；因為他還是會記得，妳的在乎。

直到現在，他還是會很得意妳對他的讚美。

那就是妳後來才懂了的愛的「理所當然」。

真正的愛，是妳不需要卑微就可以感受；

是妳不必去要，他就會努力給妳。

妳從前不相信有這樣的人，

因為妳一直把時間浪費在其實妳很早就知道不對的人身上。

妳從前不相信自己有這樣的運氣，

因為妳一直放任不珍惜妳的人傷害妳。

妳要先讓愛簡單，才會嘗到幸福的真實滋味。

現在妳都懂了。

要先相信，才能鼓起勇氣離開。

要先離開，才有機會去找幸福的將來。

願意從妳的角度去思考的，
才是真正的「伴」

我們會羨慕那些成雙成對的人，希望自己也可以找到一個喜歡的伴，一起去「經歷」這個世界。我們不只是想，我們根本就是迫不及待，希望那樣的好日子可以盡快到來。

妳的確遇過幾個那樣的人，妳們一起「經歷」過快樂的日子，他們讓妳學會的是，每份感情的一開始都很好，然後就像妳所遇見的那樣，後來他們總是寧可選擇換一個人，也不願意調整自己，把這份愛留下來。

我們在那樣的過程裡吃了許多苦，我們強求過，甚至還懷疑過自己。後來，我們才發現原來許多人也都一樣不順利。後來，妳才明白「愛」本來就不困難，珍貴的，一直是「幸福」。

兩個彼此喜歡的人，要走在一起很容易，困難的是在甜蜜的開場後，還可以一起走多遠？在每一次想去的地方不一樣的時候，從一開始「我都可以」的忍受配合，到後來漸漸地顯露了彼此的堅持，然後一不小心，曾經那麼靠近的兩個人，就成了陌路。

妳這才懂了，原來兩個人最可貴的並不是一起「經歷」，而是「分享」。不是只能一起快樂，也要能分享彼此的壓力和心情。不是只能為彼此的生命錦上添花，也要願意為了對方而承受更多。

所謂的「分享」也包括「說出自己跟對方不一樣的感受」。有話要說，就盡量好好說，就算沒說好，也不要害怕傷感情。再相愛的情侶，也難免會在溝通的過程中擦槍走火，所以不要因為害怕吵架而壓抑自己的感受，因為壓抑會扼殺快樂。而且如果妳不說出來，對方又怎麼會知道妳真正的感受？

一份能夠長久經營的愛，就會有自己修補的能力。一個真心想跟妳繼續走下去的人，就會在爭執後的冷靜裡，願意換個角度去理解妳的感受，然後在下一次相同的狀況裡，不一定是全然改變，但起碼讓妳感受到，他真的已經在努力調整自己了。那就是一份愛會給妳的感動，因為妳真的已經感受到對方的善意，而妳其實也正在對他這麼做。

情人間的爭吵，「說」很重要，「聆聽」也非常重要。情人間的爭吵，「輸贏」並不是重點，而是一起去找到，兩個人中間的那條平衡線。

能夠「溝通」的情侶，路才走得長。兩個人會為了圓滿這份愛，而願意學會彼此進退，那份默契，才是真正的「愛」。

失去幾個只能跟妳一起「經歷」快樂的人，是每個人愛的常情。我們會傷心，但也因此而更了解了，可以找到一個不只可以跟妳一起「經歷」，還可以跟妳「分享」的人，是多麼珍貴而且應該要更慎重的事。

一個總是願意聽妳說，願意從妳的角度去思考，可以一起開心，也可以一起難過的人，才是妳真正的「伴」。

於是妳開始懂得慢慢尋找那個懂妳的人。妳不再認為一個人就是孤單，一個人妳就過得迷人而精采，等到終於確定他就是那個伴，再把那些故事跟他慢慢分享。

妳知道那才是兩個人在一起的意義，那才是真正的「兩個人」的幸福。

Note 9

幸福就是不論身在何方，妳總是可以感受到他

這一路，妳遇過一些人，想像過許多幸福的樣子。
妳幫他們想過一些理由，也幫自己找過許多藉口。
後來妳才明白，其實幸福就是他始終將妳放在心底。
跟記性無關，跟能力無關。
一個在意妳的人，就是會永遠將妳放在生命裡的一個位置。

妳不用說服自己，也不會心慌疑惑。
不論最遠或最近，不論身在何方，妳總是可以感受到他。
因為妳知道，妳一直都在他的生命裡。
妳的每一件事情，他都願意，讓它也成為他的事情。

然後妳才懂了，
幸福並不是妳遇見了一個人，然後實現了夢想。
幸福是妳終於遇見了一個人，然後一起擁有了夢想，一起走進去那個，你們從來都沒有想像過的美好世界。

妳要的，
一直是「腳踏實地」的幸福

妳當初想要的愛是被「寵愛」，妳希望遇見一個很喜歡的「他」，他會很疼妳，讓妳成為一個幸福的人。

後來，妳遇見他，妳是真的很喜歡他，可是那個夢想只實現了一半。妳知道他沒有很疼妳，雖然他偶爾也會對妳好，也許是因為他良心發現，或者他剛好心情很好，但比起妳對他的付出，那樣的好真的不算什麼，但對妳卻經常足夠了——剛好足以把妳留下來；剛好足以讓妳安慰自己說，他其實還是在乎妳的。

這世界有一種好叫做「討好」，當妳發現自己在這份感情裡已經沒有退路，妳就只能選擇用「討好」繼續前進。「感情的事情沒有那麼簡單」，妳已經習慣這麼說服自己；「『結果』才是重要的，不要那麼在意『過程』」，當妳對自己多說幾次，妳發現自己竟然真的會習慣這個道理。

「結果」是他越來越不在意妳的感受，而「過程」就是妳變成了一個連自己都不喜歡的人。

因為只要要求就會吵架，只要吵架就會提「分手」——那不是妳愛說的詞，妳後來幾乎不曾再說，是因為妳真的相信他會那麼做。於是妳只能更努力才能繼續留在他的世界，只能承受更多才能跟他擁有一些生活的交集。沒有人會願意承認自己的感情有那樣的感受，那種感受叫做「高攀」，妳每一次的盡力高攀，就是妳又再一次矮化了自己。

也許是因為曾經有過美好，所以才捨不得走開；但更大的可能是，在過程裡逐漸忘記自信的我們，不相信自己還有能力再遇見幸福。「來日方長」——我們都用過這樣的理由讓自己再留下來，我們還有時間再等等、再走走看；我們忘記看見的是時間的另外一面，就因為接下來的時間很長，所以才更不要讓自己接下來的人生，一直是這個樣子。

妳沒有忘記妳的夢想，還是記得妳當初希望的愛的樣子，妳可以放棄一個人，但絕對不要因為一個人而放棄幸福該有的樣子。

他沒有資格改變妳的人生，更無權扭曲妳的價值。妳不必受盡委屈，才值得被喜歡。妳是因為努力去成為一個自己想成為的人，才讓自己充滿魅力。妳是因為遇見了一個懂得欣賞妳的好的人，那些付出，也才會有意義。

妳當過他的影子，願意陪他去任何他想去的地方，後來妳才明白，任何只能跟著走的，都不會帶妳走到妳想去的幸福。妳要找的，是一個願意跟妳一起努力一生的人，而不是為了愛一個人，而痛苦一輩子。

盡力了，妳想要的也都表明了，如果還是得不到對方的回應，就是該走的時候了。於是妳努力起身，妳知道離開的路不會好走，可是妳起碼知道，自己正在朝向的方向，妳不會忘記帶上自己最初的夢，那個夢可能很近、當然也可能會很遠，但起碼每一步都清清楚楚。

想走的，妳不強留；不再走在一起的，妳也不會欺騙自己。妳不會再為任何人放棄夢想，因為那個夢想叫做「幸福」。妳知道幸福是一輩子的事情，那妳就要用可以舒適走一輩子的姿勢跟那個人走，不要卑躬屈膝、也不必壓抑自己，兩個人一起走的每一步、一起過的每一天，妳都覺得確定而安心，那就是妳最初想要的，妳曾經忘記、但現在又找回來的，「腳踏實地」的幸福。

Note 10

這世界沒有一種傷心，
可以纏住人一輩子

妳回想起幾年前的自己，

曾經不相信可以走過的那個困難，後來也還是走過了。

妳眺望那個多年後的自己，

妳希望她會更好，因為她值得更好的人和幸福。

那曾經是一份很真摯的付出，

所以妳沒有想要逃避這場傷，那是妳真的很辛苦的現在。

妳接受，也正慢慢在走，

雖然妳有時候會覺得很脆弱，

可是妳還是相信自己最後一定可以走出來。

這個城市跟妳一樣正在療傷的人很多。

妳會維持如常的生活，

妳知道，也正在慢慢體會，

這世界沒有一種傷心可以纏住人一輩子。

妳一定會讓自己越來越好的。

妳知道只要繼續努力，那些曾經傷心的失去，

上天一定會補給妳新的人，

和更好的將來。

答案，
一直在前方的路上

「角子，這是我十九歲的初戀，我很喜歡他，我們曾經度過一段很快樂的時光，可是我知道他快要離開我了！因為他後來覺得我們並不適合，即便我知道他已經不愛我了，但我還是捨不得放下。我知道分離的那一天遲早都要來，心很酸、感覺很複雜，我不知道該怎麼做……」在一個應該團圓的除夕夜，我卻在臉書收到了這樣的訊息。

這不是專屬於「初戀」的傷心。每個讓妳心動過的幸福，都一樣純潔。每個讓我們交出真心的人，都有我們認為值得交出的理由。每個讓妳心動過的人，都一定給過妳一些生命裡的「第一次」——每場真心，都像一場初戀。所以，我們才會不只記得初戀的苦澀，而且在後來，在那些明明已經不是初戀的感情裡，還是心碎得那麼純粹。

那就是我們在感情路上，後來還是陸續發生的「第一次」；

那就是我們在感情路上，自以為已經經歷，卻還是有那麼多的「Lesson one」需要學習。

妳最早學會的是愛的心慌，然後開始嘗到了愛的捨不得，最後是讓我們都印象深刻的那場愛的震撼教育，原來愛竟然可以讓我們心痛得那麼無能為力……後來妳在那場心痛裡等待了多久，才終於明白了愛的無法勉強？又是流了多少的眼淚才看清楚，原來在愛裡，「對的人」比「努力」更重要一千倍。

那是妳後來躊躇不前的一段時光，妳以為自己已經自絕於愛之外，已經停止了愛的學習，那是妳在那段安靜的時光裡，最後最美好的發現：原來我們在愛裡最美好的學會，就是又發現了自己的可能和堅強。

親愛的，幸福不是沒有在這裡，就不存在於這個世界上；幸福不是這個人不能給妳，妳就再不能得到幸福。妳後來總會看見的，原來幸福也只是比妳所預期，再多過去一點點的地方，所以即便再傷心，也要鼓勵自己繼續往前走。

沒有人可以真的教會妳，提早放下、盡速痊癒的方法。可是卻絕對有人可以告訴妳：答案，一直在前方的路上。

很多事情，如果無法提早發生，那就等到它發生，然後相信自己，一定可以走出來。因為很多人也都是這樣，他們也都會害怕，也都心痛過，也都強烈地懷疑過自己，可是他們最後還是走到了幸福。

妳總會懂得「愛」的用心良苦的。愛總是用「傷心」的方式讓我們蛻變，因為只有嘗過傷心的人，才懂得分辨真的幸福的滋味。因為曾經被人傷透的心，才知道不只喜歡，還要被珍惜，幸福才會成立。

在尋找真愛的路上，妳有時會很勇敢清楚，可是有時候也會很脆弱不明。但是無論如何，妳都會記得鼓勵自己要持續前進。我們不是因為勇敢才努力前進，是因為前進，才讓我們終於學會了勇敢。

把那些捨不得、放不下、想不通的，都帶著上路吧。出發，就對了！沒有人可以給妳真正的答案。因為答案，一直在每個人前方的路上。

管他的

走你自己的路！

Iku 老師的「YES！OK！GO！」人生哲學

Iku 老師
—— 著 ——

自序

人生曾經跌落谷底的我，才能夠告訴你的事情

在我的人生中關於小時候的記憶，有很大部分不知道遺忘到哪裡去。我從小不是優等生，就讀小學的期間因為一些事情而導致中途不去學校。長大一點後我聽媽媽說：「有一天你不去上學，我帶你去看電影的時候，那部電影裡出現了學校鐘聲響起的畫面，那一瞬間，你身體一邊發抖、一邊摀著自己的耳朵大聲說：『不要！我不想聽！』……」

那時媽媽覺得不能逼我去上學，所以帶我去了美術館、博物館等地方。因此我有很長一段時間沒有在學校學習，所以現在也沒有一般學生應該了解的基本知識。很多大家知道的事情我都不知道，曾經讓我覺得很丟臉。之後

一直到了國中，我還是非常排斥上學這件事。

國中三年級時，我認識了一位改變我一生的偉大老師。他讓我發覺自己並不是不愛學習，並且上了跟恩師一樣的大學。不過家裡發生了一些事情讓我必須半工半讀，早上在街頭發完面紙以後，接著去大學上課；下課以後去居酒屋打工，到了凌晨再去工廠跟外國人一起工作。

當時的生活，基本上每天都是這樣的行程。後來有天我回到家後昏倒了，被家人送到醫院急診，醫生跟我說是「過勞」。

那時候我為了強迫自己放鬆而選擇出國旅遊，地點就是台灣（在那趟旅行中認識了現在的太太）。

現在回頭看從前，或許就是因為當時的我已跌落人生的谷底，才有辦法選擇跟別人不同的路。

我現在做自己喜歡的事情，當了全職的 YouTuber，頻道有超過五十萬粉絲。有了這麼多人的支持之後，台日的政府機關、國際機場，甚至營收上兆

的大企業都願意找我一起合作。曾經對自己沒有自信、沒有學歷也沒有常識，連看著別人講話都會滿身大汗發抖的我，在不知不覺中得到了許多寶貴的東西，經歷了非常難忘的事情。這些經驗，讓曾經困擾我許久的莫名緊張感漸漸消失了。

這本書是集合我的想法跟思考而成的一本書。

不管拿到這本書的你是一直都支持我的人，或者完全不認識我的人，我都希望能夠幫得上你的忙，讓你能夠在人生中更往前進一步！

工作篇

CONTENTS

成長篇

學習篇

生活篇

工作篇

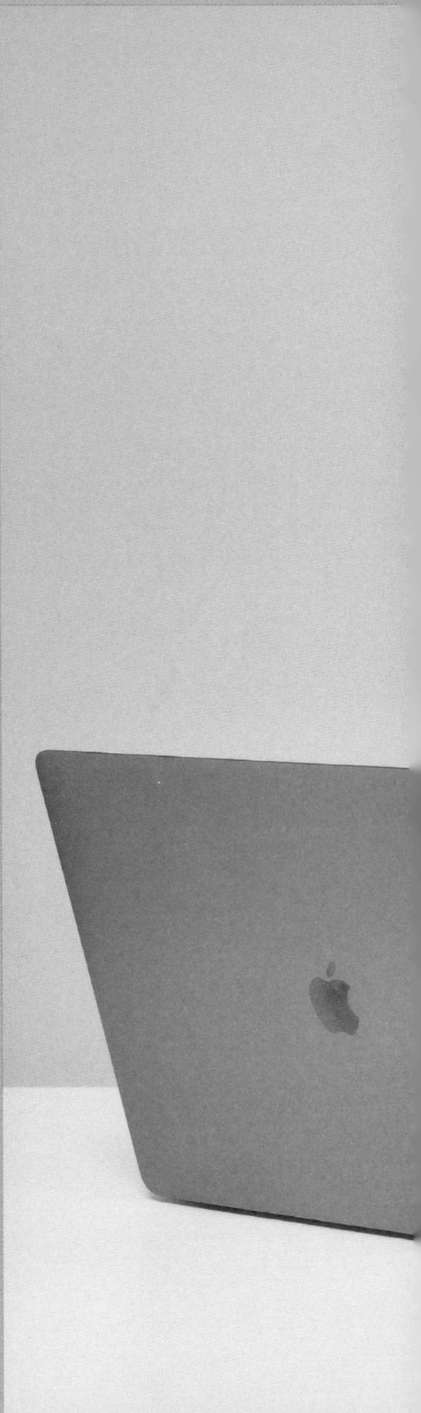

一張華麗的證書，比不上實際的成果

卒業証書でけつは拭けるでも飯は食えない

畢業證書可以擦屁股，但不能拿來吃飯。

有個學生問我：「IKU老師，我成績不好，上不了好大學，怎麼辦？」

嗯，你應該問錯人了，其實我沒有好的學歷喔！

另一個學生問我：「老師！日檢一定要考到N1嗎？」

嗯，我也沒有考到中文檢定最高等級呢！（那時候沒有錢報名）

啊，當然~如果你想當醫生、律師、教師，不要講廢話，趕快去給我拿證照！

但如果你不是想做那種工作的話，我想告訴你一句話：我認為學歷、證照不如成果。

十一年前來台灣的時候，我只是個在補習班教外語的普通外國人，但是在工作上達到了幾個成果之後，就變成全公司唯一的外國人主管。所有的部下和同事學歷都比我高，害我緊張得要命！

我覺得奇怪，他們學歷比我高、比我拿到更多的證照，不是應該要收入比我高、當我的上司嗎？

那一刻我懂了，學歷跟證照這些紙張是贏不過成果的。

想想也是，紙張不會讓人吃飽飯，但是成果可以。

在工作上，一開始不用急著做很大的事，有小小的成果就可以，但是一定要不斷地往前進。

我在當上班族的時候一直很努力工作，專注地將眼前的事情一個一個

地完成，創造了屬於自己的成果之後，就拿出來給大家看：「這個是我做的！」

做到的那一刻，一定要出聲才行，就像日本戰國時代一樣，勇士拿下了將軍頭顱的時候會大聲地喊，否則沒有人會發現是你做到的。

不要以為你不講話也有人一直看著你。

很多人會說自己懷才不遇，我看過一些有高學歷卻找不到工作的人，卻沒看到有成果一直不被重視的人。

應該說，當你什麼成果都還沒有的時候，別人只能看（你也只能給別人看）表面上薄薄一層的東西，包括畢業證書、成績單什麼的，但是有了成果後，直接把成果給他們看就好。

很多人追求高學歷，但很少人努力追求創造出成果，像是刀子磨了不用一樣。

有些人一見面就跟我說自己從哪所國立大學畢業，我心想：「所以呢？」

我非常確定的是，**學歷和證照不能拿來證明你的實力，因為實力是用成果來證明的**；反過來說，有了成果，你就不用拿著紙張自我介紹，對方還會主動來找你呢！

全世界都是我的辦公室

当たり前の中から不必要なものを消せ
從理所當然中刪掉不需要的東西！

現在是網路時代，很多工作有電腦或者一台手機就做得了，不用去固定的辦公室，在哪裡都可以工作。開會、討論、確認也不需要面對面，用LINE就可以了。

因此，公司可以不用再付昂貴的辦公室租金，不用付水電費，不用付維修費，不用付文具費；員工也不用浪費通勤的時間與車錢，不用打卡，不用公司的爛電腦，不用無聊地和同事打招呼……這樣不是很好嗎？

我相信之後很多公司都會變成這樣。

我覺得這對想要創業的人來講是非常好的狀況，因為一開始不用付很多的成本就能起步。而且，有了收入之後會發現，少了不必要的成本壓力，投資報酬率很高。再說，即使失敗也不會造成很大的損失。

告訴大家，今天我的辦公室是日本東北的青森縣，後面有藍藍的大海，旁邊是青森的吉祥物 ikube，還有下北半島大間町的吉祥物 kamomaru。

糟了！還是需要天花板！

一人媒體也能發揮影響力

好きとか嫌いの話じゃない
効率的で新しいものが次々に生まれ
非効率的で古いものが次々に消える
これまでの時代といっしょ
這不是喜不喜歡的問題，
有效率又新的東西，一個接著一個出現；
沒有效率又古老的東西，一個接著一個不見，
到目前為止的時代都一樣。

有了網路之後，所有的人都可以自由地創造資訊。以往某些機關或大企業必須雇用好多人才能做出來的「資訊」已經變得普及，走向大眾化。這是連小學生都能夠擁有跟幾十億人連線的個人平台時代！

YouTuber＝個人電視台，部落格＝個人報社、雜誌社，Instagrammer、Facebook＝個人出版社，還有 Kindle、App、Podcast 等等，自媒體可以做的事情越來越多了。

它跟傳統方式有哪裡不一樣呢？

第一個是「沒有成本壓力」，創作者可以免費使用現在世界最頂尖公司做出來的平台。製作期的成本低，一個人也做得出給上萬人觀看的內容。

一開始，也許有人用取笑的態度說，「一個人做的東西怎麼可能比得上大公司呢？正確性也不高⋯⋯」不過，現在應該沒有人笑了，嗯？有人還在笑嗎？表示那個人的腦袋沒有更新的功能而已。

放眼全世界，越來越多的自媒體觀看人數已超越了一個縣、一個國家的人口，影響力也超乎想像。

第二個是「速度」。這些新世代的資訊用的都是個人電腦、相機、手機、網路，不需要去特定的地方（公司、攝影棚等）才能製作，所以效率非常高！從開始製作到完成的時間也非常短，不到幾秒鐘的時間，大家拿出自己的手

機，第一時間就可以看到。

我之前在出版業工作的時候，覺得一份刊物從製作交到讀者手上的時間實在太長了！它的流程如下：寫稿、確認、編輯、確認↓設計、確認、印刷、確認↓包裝、運送、在書店上架、等待大家購買……十分繁瑣。

自媒體和紙本書、雜誌最大的差異就是免費，YouTube、FaceBook、Instagram 等這些平台提供的內容很有趣，自由觀看。以傳統媒體來說，資訊是先付錢再給你看，但是這些自媒體從頭到尾不用付一毛錢，想看的話按幾個按鈕就可以。反觀出版業，過去銷售五萬本是暢銷書，現在有些書連首刷一千五百本都賣不出去。從事大眾傳播業這一行的人，如果不改變模式，真的活不下來。

我覺得出版社能夠活下來的方法很多，最大問題是有些公司一直死守著之前的成功模式不放，一心想爬上其實正在往下墜的斜坡。

興趣當工作不好嗎？

やりたいことが仕事になると辛くても頑張れる

如果想做的事情變成工作的話，再怎麼辛苦也會努力。

有個朋友喜歡拍照，我問他：「你那麼喜歡拍照，要不要接拍照的工作？」他馬上回答：「不不不，這個我當興趣就好！我沒有那麼厲害！而且變成工作之後我會討厭它！」

是喔……其實我本來想給他一個案子，聽到他這麼說，我還是尊重他的選擇吧。

但是，可以做自己喜歡的事情，又可以拿得到報酬不是一件很令人開心的事嗎？

這樣一想，我覺得從事現在的工作非常快樂喔！而且自己喜歡的事情變成工作的話，我可以付出 200% 以上的力氣，不管多辛苦都會開心地做下去。

但是，如果面對的是不喜歡的事情的話，很難堅持下去。

如果只是把工作當作一個餬口的工具，就不會付出更多的熱情。

嗯，把興趣當工作，對我來說比較適合的樣子。你呢？

或許有人看到我的工作，會誤認為我一直只做自己喜歡的事情。其實我為了做這件喜歡的事情，付出了很多時間做自己覺得吃力不討好的事情。比方說，一開始的時候當然不能只靠拍影片吃飯，所以我安分地當個上班族。早上比別人更早起床，午休時同事們都在聊天氣，我就去公司附近同樣的咖啡廳點同樣的餐點剪輯影片，晚上回家以後也是一樣。我拒絕朋友的邀約，放棄跟太太出去玩，把全部的精力都花在影片上面，為了把自己喜歡的事情當作未來的事業而努力經營。

金錢是讓別人開心的證明

与えるのが先、もらうのは後

給予在先，收到在後。

一個人工作後，我瞭解了一件事情，就是所謂的賺錢是讓別人開心（賺到）之後，回饋到我身上的事情。

我覺得**工作的本質就是讓別人開心和幸福**。

不管是賣咖啡、賣衣服、開書店、開餐廳、開計程車、當 YouTuber 都一樣，你讓別人開心了，對方或者支持你的人才會開心地把自己的一部分送給你。那個部分就是金錢跟時間，所以錢不是很髒的東西，那是你讓別人開心的證明。

所以，如果你覺得自己現在領的錢不夠多的話，你要想辦法讓更多人快

樂，讓他們感受到幸福。也許一開始沒辦法得到很多錢也是沒辦法的事，因為讓別人開心不是一件容易的事。

我覺得讓別人開心的方法，不用自己一個一個地絞盡腦汁想出來，到處都可以看得到呢！例如今天我的工作非常忙碌，在心累到快沒有力氣的下午，星巴克的店員遞給我一個鳳梨酥，上面很用心地畫了一幅我的插畫。我的媽呀！收到這樣的禮物，讓我心頭一暖，整個人充滿小確幸，全身的疲累一瞬間都消失了呢！這家很厲害的公司有讓人開心的員工，教會了我如何找到快樂的小技巧，我覺得值得學習。

當對方從你身上得到感情或金錢上的利益後，將開心和賺到的一部分分給你，這是一種正向循環。倘若我沒有讓大家開心到（賺到），回饋到我身上的錢也不可能太多。所有的行業都一樣，你說對不對？

如果以 YouTuber 來講的話，「別人」就是粉絲、合作企業，Google 大神也包含在裡面。我一邊拍影片讓粉絲開心，一邊把合作夥伴好的地方與服務

告訴大家，並且讓 Google 大神賺錢之後，之後就會收到大家賺到的一部分。

有人說：「我明明這麼努力、做了這麼多，為什麼領到的錢很少？」我覺得是你弄錯了思考方向。工作加不加油不是重點，而是大家有沒有享受到你做出來的東西？

世界一直在改變，沒改變的是你自己

単純作業は機械にやらせろ！
單純的工作交給機器去做吧！

這個世界很有趣，有形形色色的人，每個人都有不同的故事和人生觀。

有些人覺得「平凡就是福」，一直都做同樣的事情是件好事，讓他們有安全感、覺得很穩定，沒有意外。

「哇！我想的明天跟真的明天是一模一樣。」

選擇這樣人生的人也有道理，畢竟**人都有自我保護的本能，改變是一種可能讓自己陷入不安全處境的行為**。所以，一旦要做出改變的時候，心裡會感受到很大的壓力和痛苦，那是潛意識在阻止你：這條路不好走，還是不要

改變比較好。所以，很多人會說服自己：無法改變也沒有關係，就這樣一直繼續走下去吧……

不要啊啊啊啊啊啊!!無！聊！死了！我是個非常容易覺得膩的人，無法每天做一樣的事情，那樣沒辦法讓我感覺到活著，太無聊了！

我極度討厭單純又公式化的工作，所以離開了公司，寧願接受每天面臨不同危險的生活，也不想要當一個生產線上的零件。當然，之前的工作中也有創新的部分，但是因為一成不變的事情比較多，所以沒辦法忍耐下去。那些無聊的工作交給機器人做就OK了！身為人的我要做更多創新、擁有自由和彈性的工作。

而且我認為現在AI（人工智慧）這麼發達，叫做「人」的工具被取代性越來越高，所以手上越單純的工作，有一天越有可能會被機器人奪走。因為機器人比人類還要便宜又不會抱怨。

另外，從效率、便利性、成本、發展性各方面來說，ＡＩ絕對是無法停止的大海嘯。你擔心自己很快就會被它吞沒，還是你已經調適好了，準備拿著衝浪板享受在那片大海上衝浪的感覺？要怎樣做才可以在這股浪潮中活下來呢？這是現代人不得不面對的課題。

現在也是如此，雖然目前來講我的 YouTube 頻道發展很穩定，但不知道以後的時代會怎麼改變。所以，我只要有機會就會積極地做不同的挑戰！像是你現在看到的這本書也是一樣。不知道這個東西會不會成功？後面會帶來什麼樣的效果？但是我覺得不要多想，去做就對了！**只要每天不斷地挑戰新的事情的話，你的獨特性會越來越強，可以當個不被呆板的機器人所取代的人。**

如果你害怕改變的話，一開始不用做太大的改變也可以，在大海嘯吞噬你之前，準備一下屬於你的獨木舟吧！

離職一年後的心情

安全な自由って超つまらない

安全的自由真無聊。

從公司離職之後，我沒有上司，沒有同事，也不用管職場上莫名其妙的潛規則，想去哪裡就去哪裡，像是一隻在街上閒晃的流浪狗。

其實在公司的時候薪水福利不是不好，也有讓我可以發揮的空間，但是我覺得不自由，我不想讓自己一直被綁在同一個院子，舉目望去都是同樣的屋頂。

自從看到外面的世界，體會到靠自己找尋食物的樂趣之後，討厭被綁死的ＩＫＵ狗狗忍不住逃走了。

跑！跑！跑！

原來迎面吹來的風這麼舒服，外面的世界這麼精采！

從溫暖的地方跑出來之後，雖然不再有習慣的屋頂遮風擋雨，但是有其他的樹木讓我可以在底下好好地伸個懶腰。

說真的，我現在超開心的（搖尾巴），所有的事情都是第一次看到，什麼都不懂，但是對我來說很新鮮。

今天太陽又快下山了！沒關係，明天的事情明天再煩惱，就用滿足的心情結束快樂的一天吧！

明天要去哪裡走走好呢？~汪汪！

你的機會越來越少的原因

100の思考よりも1の経験が能力を育む

一百個思考不如一個經驗會讓你的能力有所成長。

我現在沒有經紀公司，所以爆多的事情都由自己來處理。新的企劃、合作的案子、影片拍攝內容，我是一邊訓練自己非常快速地做決定，一邊進行。收到一封電子郵件時我會超級快速地回覆，要就要，不要就不要！結果發現我的決策能力真的越來越快了。

這種情形就像是手上接到了一顆球，要馬上丟給對方，否則沒辦法拿下一顆球。

況且，如果手上拿到越多顆球，丟球的力道會越來越弱，自控力也會降低，最後變成連自己都不知道怎麼做決定才好。如果你一直緊抱著手上的球

不放，你手上拿到的機會只會越來越少；要是你有猶豫不決的習慣，馬上改變它。那些說「慢慢來」的人不會突然變得很忙，因為很多厲害的人不會丟給他們重要的球；行動力強的人也不會想跟慢半拍的人一起工作。

我認為，**無經驗者的深思，無法贏過有經驗者的判斷。**所以，遇到需要做決定的時候，二話不說，馬上就去做，這樣一來，我可以成為有經驗的人。不管是在日本、台灣，我認識一些認真厲害的老闆，他們做事情也是當機立斷！有個製作過北野武、EXILE、土屋安娜等日本第一線名人的T恤的老闆，他做決定的速度不到幾分鐘，我跟他用LINE討論工作的時候，真的感受到他是速度一流的人。要就是要，不要就是不要，不會猶豫不決；不要說我們內部討論一下，再問問看其他人的意見，然後打電話確認……而是立刻做出決定！做決定就是要這樣當機立斷，相信累積了越來越多經驗之後，我們都會變成一個更有決斷力的人。

另外，如果你不滿意現在的狀況，想要做出很大改變的時候，你必須將手上的那顆球放下來，再拿取另外一顆球。不可能這邊想要顧到，另外一邊的好處也想要。就像如果當時我沒有離開穩定的正職工作的話，我的YouTube頻道絕對不可能像現在的成長。

因為我們人生的時間有限，所以想要拿下一顆球的話，必須處理掉手上的這一顆，所以，趕快做決定吧！

打工教會我的事

みんなと同じには価値がない
跟大家一樣就是沒價值。

我在大學時代為了賺取一年高達百萬日幣的學費，做了各式各樣打工與派遣的工作，發面紙、發ＤＭ、拿看板，在居酒屋、咖哩店、麵包店、7-11、全家、車站裡面的商店都做過。

不管是洗盤子、替別人家拔院子裡的雜草、當搬家工人、測量蕎麥麵重量、做紙箱、貼貼紙、推銷印表機和網路、賣電話，還是扮演英雄秀裡的人偶英雄和怪獸……從禮拜一到禮拜天，沒有一天休息，一直努力地工作賺錢。

當時，我為了拿到減免學費50％的特別獎學金，以及國中社會科、高中歷史和公民科教師證，學習了比別人多兩倍時數的課程。而那個獎學金不是

學生貸款，是要拿到系上前十名的成績才能申請。

我在台灣演講的時候告訴大家這些事之後，有些家長問我：「ＩＫＵ老師，要不要讓自己的小孩去打工？」

現場有些家長反對讓自己的孩子去打工：「去打工的話就沒辦法認真學習，當學生的只要盡力做好用功學習的本分就好。」

我的想法是，如果你的小孩想要去打工的話，那就讓他去打工。如果他非常熱愛學習的話，不要逼他去打工比較好，讓他可以繼續學習。看小孩想要什麼，就讓他們做什麼，相信這個年齡的人已經有獨立自主的能力！

我常常說，去學校的人太多了，跟大家做一樣的事情一點價值都沒有。

在台灣，我去過好多所大學演講，老實說認真教學的老師太少了。而且有些老師們的日文程度很爛，在那裡學習真的沒有意義。

在工作中，我們可以學到的事情很多，賺錢的方法、人際關係、社交禮儀，並且體認到這個社會的不公平、被歧視等等，不管在多麼爛的工作環境

都可以學到這些真實的東西。但是這些事情在學校裡面比較難學習，尤其是賺錢的方法。為什麼有錢人跟打工的人時薪不一樣？怎樣可以賺更多錢？我這方面的 Sense 都是打工的時候一邊賺錢一邊學來的。

如果你的孩子難得說出了自己想要做的事情，我覺得爸爸媽媽千萬不要扼殺他們的學習動機！假使你一直幫他們「踩死機會」的話，往後的人生，他們可是會無法自己一個人獨自去面對和做決定喔！

遇到低潮時不要停下來

辛いときこそ思いっきり動け！

覺得辛苦的時候，更要付出全力去行動！

我剛開始做 YouTuber 的時候，當然沒有人看，度過了一段在黑暗中摸索的日子，不知道怎麼做才有效果，真的很辛苦。

想成為老師的時候、想當插畫家的時候也是如此，都有不順利的時候，而且困難一個個地接踵而來。

我好像走進了一條很長很長的隧道裡，不知道哪邊才有出口。

有人問我：「遇到困境時，要怎麼突破呢？」

提供三個小撇步給大家：

方法一：提高產量

畫插畫、寫文章、拍 YouTube 影片都一樣，成果有好有壞是必然的。當你遇到低潮和瓶頸時千萬不要停下來，提高產量反而是當務之急。你需要更積極的行動，收集更多失敗與成功的情報，讓自己早日脫離困境，而不是原地踏步。

方法二：做出一部分改變

如果你現在做的事情沒有很好的成績，就不要重複做一樣的東西。因為如果再做完全一樣的東西，結果也不會有太大的改變。或許你只是一直重複著失敗而已。建議先從改變一部分試試看，並收集不同的結果，再用那些不同的結果調整做出來的東西。

方法三：轉換工作舞台

離職之前，我一直在想「為什麼我領的薪水是這樣？」這個問題。當我好不容易做出一些成績，也替公司爭取了不少新的機會，為何薪資上沒有明顯的成長呢？後來，我開始把眼光放遠，試著從遠處來打量自己與四周的環境，究竟是哪裡出了問題？很明顯地，我看到自己處在不改革就有危險的行業。

如果我是老闆的話，即使公司稍微增加了一點業績也不能隨便說要幫員工調薪啊！而出版業正面臨需要轉型的階段，所以我也能夠理解老闆不能幫我加薪的立場。

後來我轉換了工作舞台和跑道，進入自己覺得現在最有爆發力的新興產業，就是經營個人的 YouTube 頻道。

選擇了這條路之後，四周的環境頓時都改變了！雖然收入不穩定，點閱率有起有落（心臟要夠強才行！），但是整個市場是處於往上爬的趨勢，這

讓我有一種看到了出口、終於可以稍微鬆一口氣的感覺。

以上是我的經驗之談，我想告訴大家，遇到低潮時最不ＯＫ的方式就是停下來，什麼也不做，然後眼睛一直盯著很狹隘的地方，鑽牛角尖，這是很危險的喔！

工作道具要買好東西

金で買える道具で
金で買えない能力を育てろ
用金錢可以買的道具來培養金錢買不到的能力。

我決定開始做 YouTuber 之後，研究了我很喜歡的日本 YouTuber 們都用什麼樣的道具，然後準備了跟他們一模一樣的相機、麥克風……等拍片器材。**專業的人買什麼，我就買什麼，這是我一直以來的工作習慣。**

有人會說：「先用便宜一點的東西練習，等到真的熟練之後再去買好一點的東西比較划算啦！」關於這一點，我完全不同意。因為那些專業的人士用厲害的道具是有道理的，也許是速度上的原因，或是效果比較好。

你在練習的時候用等級差一點的東西，有可能要花兩倍以上的時間才能

達到和對方一樣的水準。既然技術上已經輸了一截，如果連道具都使用爛東西的話，怎麼追得上他的腳步呢？

有人可能覺得一開始買太貴的東西，要是中途放棄的話很浪費。但我反而覺得一開始不買專業的東西的人，是沒有做好下定決心的覺悟。

技術上不如人，多花一些時間就可以迎頭趕上，但是道具不行，就算一開始多花點錢也沒關係，將來我一定可以賺回來！況且，現在許多道具與軟體不斷地推陳出新，有些低階產品的問題，用高階產品的話就能夠克服。況且，當我提高了競爭力之後，就沒有人可以偷走我的能力了（笑）。

我想，這就是為什麼大家會說「工欲善其事，必先利其器」吧！

而且我覺得先花大錢之後，會更逼迫自己更快回本。

過度謙虛不是專業的表現

態度がプロになれない人は
ずっと趣味でやることになる
不能把態度變專業的人，
就只是一直當作興趣做而已。

我最近因為工作認識了兩位專業人士，一位是上市公司的老闆，另一位是目前在接案，還沒能夠靠自己的專業吃飯的人。

上市公司的老闆用一種很搞笑的方式講述自己在工作上的成果，並且談到過去曾經創業失敗的心路歷程，讓人覺得他是一個很有魅力的人；我非常期待能跟這樣的人合作，他讓我覺得有合作的價值。

至於那位沒辦法靠專業吃飯的人，用一種很沒有自信的語氣說：「幸好

我有其他的工作，才不會餓肚子，我是因為喜歡做這件事情的……」聽到最後，讓我忍不住有種「為什麼我要花錢請你工作？」的感覺。

不管在日本或台灣似乎都有過度謙虛的文化，但是大家搞錯了一件事，謙虛不是沒自信喔！即使你擁有某種專業能力，但是如果你的態度不專業的話，也不會有人想要找你合作。

請想想，如果你去一家餐廳吃飯，店員突然跟你說：「我們這家店的東西還好，沒有很棒，但是還可以。我們的老闆因為沒辦法靠這一行吃飯，所以去打工，不過他很喜歡做料理……」

這樣不是很失禮嗎？你會想再去光顧這家店嗎？

想要讓別人刮目相看，那麼你的態度也要改變才行！你無法成功的原因也許是你一直給大家看的、講的都是我沒自信、沒能力。如果你一直抱持著因為很多人都說還好，所以我也還好的態度，請你繼續「還好」下去。我認

為正因為那些人口頭上說自己還好，所以表現出的態度也是還好而已。

想要變得專業的話，首先挺一下你自己啊！

一直保持謙虛，只是降低自己的價值而已。所以如果你真的想要把某項能力當成自己的專業經營的話，就要抬頭挺胸、自信地說出「這就是我的專業」才對！

朝著起風的方向全速前進

何が起きるかわからない
そんなドキドキする努力をしよう！
做不知道會發生什麼結果、讓你期待的努力吧！

學生時代，我做過很多打工。有一年，我蹲在工廠裡面跟著一群講西班牙語的作業員，在幾萬個商品上面貼標籤。現在回想起來，假設我還在那邊努力工作，有一天應該會被機器取代吧！

大學畢業後我一個人來到台灣，短短幾年的時間，多出了好幾個身分：補習班老師、作家、插畫家、出版社總編輯、公司顧問、YouTuber……

在這些工作之中，我深刻感受到做 YouTube 的變化是最大的。就像賭博

一樣，無法預期有什麼回饋，但是我相信只要投注心力，就會有意想不到的事情發生。

三年前，我剛從公司離職的時候，怎樣也想像不到，有一天我的影片會在桃園國際機場的螢幕上啊啊啊！

經常聽到日本人把「一生懸命」放在嘴上，動漫裡面的英雄們也是，他們很多都是做事認真的傢伙，就算累得半死不活也會努力做下去！

努力很重要，在工作上我看過各行各業的人，那些努力的人比別人獲得更多是真的。但是只要努力就行了嗎？我覺得不夠，要看你在哪個領域努力？你有沒有往目前的趨勢前進？

有的領域像是沒有浪潮起伏的海岸，一點都不有趣。

有的領域像海嘯一樣，不知道會把你帶到哪裡去。

當你覺得自己身陷在某個停滯不前的地方，或是懷疑現在前進的方向不對的時候，趕快重新調整目標，展開風帆，用盡全力駛向真正偉大的航道吧！

「往前想」、「往後想」所花的時間其實都一樣

こんなに楽しいことなのにどうしてゆっくりできるの？

明明是這麼開心的事情，為什麼你會慢慢來？

我常常處在「忙到爆」的工作狀況，一天見三、四個客戶是常有的事，來找我的案子，我也都儘量接下來。

除了一些奇怪的公司和想要免費利用我的人之外，我自己試試看真的好用的話是不說NO的！結果我一個月飛了三次日本，台灣的高鐵也坐了三次，真的好刺激、好好玩！

YES！OK！GO！

不管是在飛機上、捷運上，我都在剪輯、剪輯、剪輯！（最近真的好需要剪輯師）我每到一個地方就一定會問：「啊～插座在哪裡啊啊啊？」

「為什麼你要讓自己這麼忙碌？」有人問我。

因為這麼做的話，我可以更新自己的頭腦，讓它更快地成長。剩下的時間，就是拍自己想拍的影片——拍！就是拍！現在拍！拍了很多很多影片、認識很多客戶之後，我自己也會不斷成長。

當然我也有遇過不好的合作經驗，在工作上發生過一些不愉快的事情。但是我完全不在乎，因為那些事情會發生也是理所當然的，我並不期待這個世界上所有人都是兄弟，見了面、一起工作後才了解的事情也很多。

我告訴自己：要往前看！往前想！不要停下來！

其實，「往前想」、「往後想」所花的時間都是一樣的，為什麼要把寶貴的時間花在一去不復返的事情上？那不是在浪費自己的生命嗎？

還有很多事情可以玩！不要多想，趕快做下去！

萬一不幸跌倒受傷也沒關係，再重新站起來就好了。

偶爾吃點虧也無所謂，至少我做得很開心。

有些人看我在工作時一直都是衝衝衝的狀態，勸我慢慢來比較好，不要太勉強自己。

我不知道他們為什麼用自己的標準來衡量我？我看到的是他們慢慢來，所以機會不斷地往我這裡來。而且我覺得在努力的過程中，可以感受到自己正在不斷地成長，這是我一直以來渴望的東西！

明天一早起來，我會看到什麼樣的世界呢？

哇～好期待啊啊啊啊啊！

管他的，走你自己的路！

自分が歩く道は自分で選ぼう

自己選擇自己要走的路。

我剛開始經營 Instagram 的時候，第一個想到的是很多漂亮的女生與帥哥，他們會在 Instagram 上 po 一些可愛、帥氣性感的照片；他們走的是免費寫真集路線，我覺得好厲害！

那是很大的市場，但我不想走，因為太多人擠在一起，就沒有空氣了。我沒有買寫真集的習慣，因為看的時間只有一點點，看完後擺在書櫃上的時間比較久；而且我不是偶像，不用想也知道會有什麼結果了。

後來想想，我非常喜愛看書，每個月會買十幾本書回家；我也很喜歡寫文章，腦海裡有許多天馬行空的想法；此外，我還喜歡一個人靜靜地思考，

喜歡和他人分享、聊天。

啊～有了！我想到自己可以走的路了，所以開始在 Instagram 寫文章，分享自己的日常生活和心情。

我寫文章時非常開心，覺得非常自由，就算每天寫也不覺得痛苦，反而一直有新的、想寫的東西，從我的腦海中源源不絕地冒出來。

結果，有那麼多人喜歡我的文章真的是出乎我意料之外，還有幾間出版社編輯也不約而同地寫信聯絡我，說要找我出書。

這是因為當初我選擇了自己喜歡的路的緣故。

很多人走的路，不但競爭激烈，也不一定是適合自己的路。

一開始說的 Instagram 上帥帥、漂亮的照片，不斷拍的人很多，但是人生是自己的，誰說一定要跟別人走一樣的路？

就算是同樣的目的地，也有不同的路線可以抵達。

什麼？有人建議你走大家都在走的路？
管他的，這是你的人生啊！
我只想走自己選擇的路。

我的工作是 YouTuber

その会社、本当に十年後もまだあると思う？
那家公司，你真的認為十年後還在嗎？

「當 YouTuber 能夠像正職員工一樣讓你吃飽飯嗎？」

這是有群大學生寫信來訪問我的問題。

我告訴他們，完全沒有問題喔！因為我現在就是只靠網路吃飯，當所謂的全職 YouTuber。

和一般員工不一樣，YouTuber 沒有每個月會固定匯進戶頭的薪水，有可能一個月都沒有收入，但也可能比一般人領到多出很多的薪水。

YouTuber 的收入，簡單來說有 Google 廣告收入、企業合作（所謂的業配）、出周邊商品、演講、付費訂閱等等，可以做的事情很多呢！因為不在

公司體制裡面，不會被打槍，所以想要做什麼的時候，隨時都可以嘗試看看！

我在日本做過很多工作，包括各式各樣的派遣工作。大部分的工作是以時間來換取金錢，例如你花了一小時就可以拿到時薪一千日圓，或是一天工作八小時的話，每個月可以拿到日幣十幾萬元。你做多少賺多少，不多不少，很單純。而 YouTuber 跟一般工作最大的差異是付出的時間與收入並不一定成正比。就算是一部你花了很多時間、嘔心瀝血製作出來的影片，也不一定有人會願意花時間觀看。

不管你付出多少時間和心力，如果努力的方向不對的話，根本沒有用。一開始拍影片的時候，我完全無法預測自己要做多久才可以靠它吃飯，只是一直努力地拍、盡力地拍，然後不斷調整企劃內容，直到最後終於看見一線曙光。我覺得這個過程是好的，也就是如果我做得不好的話是不會有任何金錢的報酬，生活也會失去保障。但是當我做得很好、有了價值之後就可以得到應有的回饋。

嗯～非常美式作風的感覺（笑），我喜歡！

從事 YouTuber 這個工作之後，我完全沒有「我這麼努力，為什麼公司只分給我這一點錢？」的念頭出現。拍片的時候，沒有人會對我頤指氣使或給我下馬威，我可以隨心所欲地把自己辛苦拍攝的作品傳到這世界的任何角落，這對喜歡創作的人來說，是非常棒的事！

還記得剛來台灣時，我在補習班當日語老師，利用課餘時間寫了幾本日語教學書。當時能教日文的人很多，但是寫日文書的老師很少，我因此當上了日語雜誌社的總編輯。在出版業工作的時候，我覺得最可怕的對手是 YouTuber，為了打敗它，我開始自學攝影、剪輯，最後變成了一個全職的 YouTuber。

其實，這個世界沒有哪一個工作職位是很穩定、可以做一輩子的喔！大家不妨試著想想，有了網路、智慧型手機等數位產品之後，有多少的行業和商品消失了呢？像是因為越來越多人使用手機拍照，日本有家成立八十四年的老牌光學大廠 Olympus 承受不了連年虧損的壓力，不得不結束相機部門的業務，退出這個市場。

反正，到頭來每個工作都是不穩定的、有風險的，那麼不如做自己真正喜歡的事情吧～哈！

再忙也要去見新的人

どんなに忙しくても
すぐ会いに行こう
再怎麼忙碌，也要立刻去見他。

說到 YouTuber 的工作，你可能認為我們是一群在家裡工作的 SOHO 族，沒有上下班的限制，所以有很多自由的時間，但其實我每天的生活都非常忙碌。

尤其現在我沒有經紀公司，很多事情都直接自己做，包括企劃、拍攝、剪輯、上傳影片、po 文章，跟客戶聯絡、面談、報價、電話聯絡，等客戶確認、修改、重新上傳、回 LINE 訊息、傳輸資料等等，工作常常忙到爆炸！

但是我有一件很重視的事情是，不管怎樣忙，只要有一點點時間的話，

就去見不認識的人。

前幾天，有個學生說：「ＩＫＵ老師～我朋友從日本來，他是開發ＡＰＰ的，我想要讓他認識你，晚上有空嗎？」

其實沒空，但是我去見他。

一坐上計程車，我就開始剪輯、上傳影片，下車的時候電腦也是開著，然後一邊討論事情，一邊確認電腦的狀況。哈哈，第一次見面，我知道這樣超級難看。

上次也是一樣，出版社的人說想要跟我見面，我二話不說就去了。到了出版社之後才知道那是一家已經有六十幾年歷史、翻譯出版《哈利波特》中文版的出版社。她是那裡的總編輯，那天我們聊了三到四個小時，變成了朋友。她說我的想法很特別，希望我能寫一本有關思考術的書籍。

就這樣，你現在看到的這篇文章也成為了我新書裡的一頁，這是因為我

去見了那個人的結果。其實這樣的機會到處都有，只是看你撿不撿而已。

雖然工作是自己一個人也可以完成的，但是我覺得**要珍惜那些突如其來的緣分，因為它們常常帶來新的點子、新的資訊、新的案子。**

從國小到高中，我們在學校見到的，大部分都是一樣年紀的人。對老師來說，教室裡面只有同樣年齡的人，只用一套方式管教學生很好管理，也比較方便。但是對學生來說呢？我覺得未必是一件好事，因為有可能養成一直跟同儕在一起的習慣。

進入職場以後你會發現，年齡、工作、技術、觀念、機會、經歷、國籍……現實社會中充滿了各種不一樣。因為這些不一樣，彼此之間可能會產生衝突與不快樂；但也因此有了化學反應，增加更多、更新的可能性。

在工作上，跟那些與你有相似背景或認識很久的人共事，或許比較沒壓力，但是彼此衝撞出新的火花的可能性就變小了，難以期待更有趣的結果。

認識更多人，就有更多新的可能。不管對方帶來的結果是好是壞，別害

怕！快去認識吧！

如果一直把自己困在某個熟悉的地方，一直不去接觸新的人，其實就是放棄讓自己成長的機會。

成長篇

如果人生是RPG遊戲

次の村にさっさと行こう！

趕快去下一個村落吧！

之前在台灣當上班族的時候，並沒有人特別要求我，但我從零做起，從打工做雜事開始，最後當上了正職員工、公司主管，拿到了平均值以上的薪水。

原本我以為擁有這些大家眼中的穩定要素很重要，但是成就感維持不到幾天的時間就消失了。

當我發現這件事情之後，仍然日復一日地坐在辦公桌前注視著窗外早已腐壞的風景。

有人問我最近過得如何時，我的嘴裡說還不錯，但心裡知道今天同樣又

是一成不變的日子，再喝一杯也麻痺不了醉生夢死的自己。

「這個世界上沒有不重要的工作！」這句書上的話看了一百遍也騙不了自己。

因為從那天開始，我已經發現對我來說重要的是什麼。

你有想過，穩定、平均值……這些名詞背後的意涵嗎？它代表的其實就是沒有進步。大家都有玩過ＲＰＧ遊戲吧？如果你是遊戲裡面的勇者，沒有成長、一直都在新手村裡面跟村民聊天，重複聽同樣的話，這樣連魔王都不用去打了！

請問：**假設你的人生是一個RPG遊戲，這個遊戲你還想繼續玩下去嗎？**

你有多久沒聽到心裡的聲音？

自分の心の声を聞こう

傾聽你自己的心聲。

從小到大，你習慣聽爸爸媽媽的話、聽學校老師的話；進了社會之後，則是聽從上司的話、客戶的話；遇到一些人生的交叉路口時，你也會忍不住聽電視上、網路上、書上那些你從來沒看過的人講過的話，並覺得受用無窮。

在人生這條路上，聽別人的話，或許可以一直被動地走下去。但是，你為什麼不豎起耳朵，傾聽自己的內心在說什麼呢？

你明明看到他在哭泣，還是閉著眼睛走過他的身邊。

你明明知道他有話想跟你說，但你當作沒聽到，關上了門。

當你一直不理會你的內心在說什麼的時候，你的內心也會放棄你喔！

如果你不知道從哪一天開始，聽不到你的內心發出的悄悄話，

趕快追上他的腳步！

你的人生，需要你的心來指引。

這個公平與不公平的世界

不公平、だから何？

不公平又怎樣？

「這個世界是不公平的」，這個事實不需要別人來告訴你，看看你出生的環境、父母親、外貌、四周的人就知道。每個人天生的條件不一樣，有人一輩子不需要煩惱怎麼賺錢，有人一出生立刻面臨飢餓的危機。

雖然明顯不公平，但這不該成為你放棄挑戰的理由。

我聽到有人說：「哎，有錢人就是這樣。」把它當作笑話講的時候，不懂為什麼他們替自己蓋了窮人的章之後還在笑。

有些人喜歡跟情況比自己更糟糕的人比。例如說：「跟領23K的人比起來，我的薪水還算OK。」

不會吧？如果你自己都不滿意的話，也無法自我催眠。別人的痛苦是別人的痛苦，我現在覺得痛苦，也不能用別人的痛苦來安慰自己啊。

我的家境不是很好，念大學時必須自己打工賺錢。來台灣之後一開始也是領很低的薪水，常常熬夜工作。但是我從沒嘲笑過自己。我在公司拿到了一千塊的紅包的時候，一邊拿著那張薄薄的紙一邊對上司笑著說「謝謝您」，心裡則想著：「現在我的價值是一千塊，沒關係，給我看清楚，之後我死也要超越你！」它點燃了我想要挑戰更多、闖出自己一番事業的鬥志。

雖然這個世界是不公平的，但這個世界也是公平的，**隨著你付出的努力和時間不同，人生的條件也會跟著改變。**有人一輩子只會抱怨，沒有一個機會抓得住；有人努力迎接挑戰，打造出更好的明天。

放心！不管這個世界是否如你所願，對於一直想要自我突破、追求進步的你來說，一定會遇到轉機。對於那些成天只會抱怨，總是講別人壞話的人來說，也許一輩子都看不到機會！

沒有完美的第一步

前が見えなくても必死に進め

看不到前面也要拚命往前走。

我決定當插畫家後，第一個畫出來的插畫超級難看。因為我沒有什麼技術，也不知道用什麼畫比較好。

但我記得一開始畫自己跟老婆的角色時，我覺得非常可愛。

另外，開始拍 YouTube 的時候，我也不知道用什麼相機拍攝，用什麼軟體剪輯。從現在的角度來看算是亂七八糟，也不知道是拍給誰看的。

但我記得一開始有五十個人觀看我的影片的時候，我非常非常地開心。

不管多難看，我總算跨出第一步了。當然過程中會有奇怪的人們給我潑冷水。但是我不理他們，一直做一直做之後，旁邊的人漸漸地開始認為我是會畫畫、拍攝影片的人。一開始有人把小小的案子發給我，後來工作量不斷增加，讓我可以如願以償離開公司。現在，有的大企業想要使用我的插畫，也有很多支持我的公司想跟我合作拍影片。

我曾經是個一無所有的人，但我有自己想要做的事情，持之以恆地去做之後，事情變得越來越上手了。有人因此開始讚美我，有人還是繼續批評我，但並不影響我從做這些事情的過程中獲得的成就感。

之前有人看過我做的東西後，說：「你有天分。」但並不是這樣的，這些東西都是從不完美、亂七八糟的第一步開始的。

如果你也想嘗試沒有做過的事，卻沒有自信踏出第一步的話，不管怎麼

樣，馬上開始，往前走一步看看。走個一千步之後再回頭看，相信你已經看不到原來的你所站立的地方。

人生的速度由自己決定

**人生の長さは年齢で
決まるわけじゃない
人生的長短並不是年齡決定的。**

我想和你分享一件有點恐怖的事情，是關於人生長短的問題。

你有沒有聽過一個說法，就是人生過了二十歲後時間開始走得很快，到了三十歲之後又更快了！也有人說：「不，四十歲後最快！」

這樣喔？我之前當上班族的時候，很多前輩們都這樣跟我說。

的確，我在公司五年的時間，感覺我的人生時鐘真的是越走越快了！那時候我覺得好恐怖，這樣子我是不是很快就會手刀跑進棺木裡面？……

不要啊啊啊！

但是請大家放心，改變速度是有方法的，而且很簡單，就是去做新的事情！

如果你覺得你現在的人生過得很快的話，那是因為你的腦袋認為反正做的事情都一樣，不值得去在乎；由於你每天重複做同樣的事情，你的腦袋也會自動地跳過已經習慣的部分。

小時候我覺得時間過得很漫長，這是因為每天早上睜開眼睛就會面對許許多多新鮮的人事物。出了社會、開始上班之後，人生的速度就加快了。

我覺得大部分的時間如果都待在辦公室裡，做一樣的事情的話真的不行。當我決定離職之後，所有的事情突然之間都煥然一新了！工作一個接著一個地來，完全不能用之前的思考速度來運作，人生時鐘大約比還沒有辭職前慢了五分之一左右（不誇張！），常常覺得一個禮拜的時間過得超

級慢的。

這是因為當我不斷面對新的挑戰，做重複性低的工作，我的頭腦不能再怠惰下去，也沒辦法跳過去，因此，人生不知不覺就變長了。

給還沒有覺悟的你

結果は評価を忘れたころについてくる
結果是當你快要忘記時，評價才會出現。

我這個人每次挑戰一件事情的時候，往往都能夠持續很久，像是學中文、拍影片、畫畫、寫書。雖然一開始只是個人的興趣而已，但是到了後來，都會變成一項工作技能。

我身邊有些朋友做事則是經常半途而廢，三天捕魚、兩天曬網；有趣的是，明明大家一開始都是因為興趣而投入，最後怎麼會有如此的差異呢？

我覺得關鍵就是，是否有「改變的覺悟」？

對大多數人來說，改變是非常辛苦的，所以不要馬上要求成果，而是不

斷試試看、努力看看再說！

剛開始嘗試一件事情的時候真的很困難，就像飛行意外常常發生在飛機起降的時候，所以在起飛的前一刻，機長更需要留意，直到飛上天空、氣流穩定之前，都不可以掉以輕心。

當你想要挑戰一件事情時，一開始看不出來效果是正常的，千萬不要鬆懈下來，因為你的飛機還只是在跑道上剛剛開始滑行而已。

大人只是活得比較久的人

大人はもっと子どもから学んだ方がいい

大人應該從小孩身上學習更多東西。

許多人常常以為自己年紀比小孩子大，就比較厲害，可以跟他們說：「要好好聽大人的話喔！」

但是我並不這麼想。一個人有了小孩之後，並不是立刻擁有當爸爸媽媽的能力（沒有心的人一樣無法教養孩子）。他們只不過是年紀大了一點，並不會自動散發出魅力。就像有教師證照的人也無法馬上推出吸引學生的課程一樣（有人一輩子都做不出來）。

我認為大人只是活得比較久而已，不代表後輩非要把長輩的話聽下去不

可。就像老店也有難吃的店一樣；不管年紀多大，講話沒有內容的人實在太多了。

請問你小時候，有沒有看著大人心想：「我為什麼要聽你的？」

老實說，我有！我認為那個時候的想法並不都是錯誤的。

我覺得大人也應該要為了讓小朋友想聽你說的話，而付出努力。

我認為不用聽只是年紀大一點的人所講的話。長大之後，我反而覺得大人應該要跟小孩學習的事情有很多。因為他們有停不下來的好奇心、不畏懼別人眼光的行動力、一心只為自己好的生活態度，還有用力跌倒又站起來的姿態，以及對自己慾望很誠實的樣子，都讓我覺得佩服。

寫到這邊才發現，嗯，我還是想當個任性的孩子。

別停下來當井底之蛙

現状に不満があるのに何で動かないの？

明明對現況不滿，為什麼還不行動呢？

前幾天從東京回到台灣的飛機上，坐在旁邊的年輕乘客認出我來，他主動和我交談，我們一路上聊了很多事情。

他問了我很多問題，其中一個是：「IKU老師一直在做YouTuber，有沒有想過放棄呢？」

哈哈！做YouTuber當然有好的時候，也有覺得力不從心的時候，但是說真的，我從來沒有想過放棄，而且我死也不要放棄！

我是一個永遠不滿足於現狀、想要迎接各種未知挑戰的人。對我來說，如果不改變也不前進，等於一直停留在同樣的地方，像是一灘死水那樣。

不要吧！好可怕！我還活著！

當你離開舒適圈的時候，旁邊的人可能會和你說這樣做很困難、不容易、沒辦法……他們會講出很多很多的理由。或許待在那裡很溫暖，但只是泡在井底而已。（我不想當青蛙！）

看到他們始終不願離開讓他們一直抱怨的地方，我很想問問他們：「如果你覺得那裡不好的話，幹嘛一直停留在原地呢？」

我知道，只要行動就會遇見更多的機會，我想要明天的自己比今天的自己更進步一些些。

我覺得自己現在做不好的理由只有一個：「就是我做的還不夠」！

對，是我的經驗不夠，這樣我就更沒有理由不去做了。

告訴大家一件事情：

因為很多人輕易就放棄，所以繼續努力的人更容易成功；

因為很多人不願意面對現實，所以勇敢的人看起來很特別。

如果你不滿意現況的話只能開始改變，否則會一直停留在不滿意的現況。

只要堅持下去，情況一定會比現在更好，

最重要的是，別只會講埋怨的話，去行動就對了！

你的人生之書寫什麼？

人は皆、自らの人生の作者だ

每個人都是自己人生的作者。

我們每個人出生的時候，人生之書都是一片空白，沒有寫上任何事情。等到發生了新的事情、有了新的變化，人生書上就會多出嶄新的一頁。這本書的厚度不會隨著年歲增加，而且內容好不好看，跟年齡也沒有直接的關係。

有的人生之書越看越有趣，翻開這一頁就迫不及待地想看下一頁，精采到讓目光停不下來，是又厚、內容又豐富的一本書。

有的人生之書每次打開時內容都沒什麼變化，不管是抱怨和煩惱的話都一樣，讓人覺得很無聊，是薄薄的一本書。

有的人生之書包裝得很漂亮，但那是封面而已，裡面往往只有寥寥幾個字，會讓人後悔打開了那本書。

我們的人生之書不一定要給別人看，但身為作者的你喜不喜歡？寫得過不過癮？想不想寫下更精采的一頁？……這才是重點。如果一直聽別人的話來寫自己的故事的話，那這可以說是你的書嗎？我覺得既然是故事書，劇情高潮迭起比較好。沒有人知道這本書總共幾頁，本來以為很厚的一本書，也有可能驟然結束。我覺得更不應該的是，讓別人來寫連自己看了都不會感到驚喜的書。

我的人生之書從小到大都一樣，讓自己開心的事情就記錄下來，不開心的事情就不寫，所以我的故事通常都是跟隨著我的好奇心，走到哪，寫到哪。我的人生之書只有我自己看得懂，即使沒有人喜歡看也沒關係，至少我寫下來的事情，自己覺得非常喜歡。

不要聽沒做過的人給你的建議

特別だからこそ孤独になるんです。

正因為特別，才會孤獨。

當你說想要當一個壽司師傅的時候，學校老師跟你說：「壽司師傅不好當。」父母親跟你說：「壽司師傅很辛苦。」另一位不相干的親戚也跟你說：「壽司師傅不會賺錢喔！」

當你好不容易有了自己的夢想，一堆人卻給了你各種「不行」的理由。但是你要知道，他們說的是自己「為什麼不行」，跟你沒有關係。而且如果他們沒有做過相關的事情的話，他們說的話就一點聽的價值都沒有。

之前我一直專心做影片的時候，別人問我：「你為什麼這麼努力？」當

我回答：「我一定要當 YouTuber」的時候，很多人和我說：「你不會」、「那個很難」、「我覺得不可能」。我跟他們說：「不做，當然不會。」我不知道連一支影片都沒有曝光過的人，如何判斷這個工作的可能性。

有些人開始做某件事情的時候，會問旁邊的人：

「我最近想開始這個事情，你覺得怎麼樣？」

「我想做〇〇，你可以給我一些建議嗎？」

如果你有這種習慣的話，我會跟你說不要浪費時間。（與其問醫生要怎麼當廚師？不如趕快去做料理！）

除非對方目前也在做相關領域的工作，否則，你想從他那裡聽到什麼？

有些人不想要你做出改變的行動，變得比他好，而是希望你跟他一起爛下去，所以才會故意潑你冷水，說出「你不會」這樣的話。而那些跟你講長篇大論的人，很多是吃飽太閒卻又不想改變的人，所以才有時間跟你講一些言不及義的話。真的在做事的人，哪有時間跟你講那麼多廢話？

或許，你希望有夥伴支持，有人講溫柔的話給你取暖，但是不好意思，挑戰一件事情的時候常常是孤獨的。如果你想做跟別人不一樣的事，就要戳破「跟大家一樣」的假象。

既然你要求獨特性，那一定會面對寂寞。

換句話說，這是你的夢想，是你一個人就可以去享受的事。

別管四周人云亦云的嘈雜聲音，努力去完成你的夢想吧！

你有人生選擇權

人生で一番大事なのは自分

人生中最重要的是你自己。

最近常常在 Instagram 上寫下自己的想法之後，有位台灣粉絲私訊給我，「請問 I K U 老師，我的夢想是開一家店，但是我的父母親反對怎麼辦？」

如果妨礙你成長的人是自己的家人，真的很傷腦筋。

我的想法就是不管反對你的是爸爸媽媽、兄弟姐妹、好朋友，就是要切斷！不是說一輩子不見面什麼的，而是不要讓任何人妨礙你選擇自己想要的人生。

這樣說可能有人認為我太自我中心、是個沒血沒淚的人。

不管你怎麼想都沒關係，我就是這麼想，也會這麼做。

因為如果你的夢想越大，就越不能因為別人的臉色而退縮。

所以，如果你身邊的人不支持你的夢想，你要選擇繼續看他們的臉色過生活，還是切斷，去追求自己的夢想？

或許有人說可以找出平衡點，但我覺得魚與熊掌不能兼得。

我認為一個人的生命中最重要的就是做自己。

「啊～如果當初沒有聽爸爸媽媽的話，我已經挑戰了很多的事情……」

「好可惜啊！要不是聽朋友的建議，我現在不會在這裡……」

Stop！不要再把責任推給別人了！如果人生是一家公司，你就是社長，經營這家公司是你的責任，要選擇發展下去的是你，讓它倒閉的也是你。

別人怎麼看你，是過一段時間就會不見的事。

你怎麼對待自己，是一輩子的事情。

不要管那些潑你冷水的人，你要重視的是一直在身旁鼓勵你、希望你不斷成長的人！

失敗不是丟臉的事

失敗をしている自分を褒めろ！

讚美一下失敗的自己！

經過了無數次失敗之後，我開始有了小小的成果。

在這幾年的過程中，我發現成功不是最重要的事，如何做出優質的失敗才是。

成功是細細的一條線，不小心拉扯就會斷掉，所以當你抓住了這條細線後，想要讓它變得更堅固的話，就是要找到下一條，纏繞在一起，等於不斷接受新的失敗。

所以，**不要做出跟昨天一樣的失敗。**

有些人以為一直經歷同樣的失敗是無可奈何，但那只是懶惰而已；他們

害怕接受失敗帶來的痛苦，只能用「沒辦法」來合理化自己的軟弱和無能。

我覺得正因為「沒辦法」才更需要找尋「辦法」。我不認為不挑戰就不會失敗，那就只是在延續失敗的現狀；如果你不覺得痛苦，那就只是表示你已經習慣了現在的失敗而已。

當你在許多人面前跌倒的時候，請記得一件事：失敗一點都不丟臉。

當別人看到你跌倒背影的那一刻，就表示你已經走在他們的前面了。不要管那些取笑你失敗的人，他們不敢活在自己的人生裡，所以有時間去嘲笑別人的失敗，然後安慰只能在原地踏步又覺得空虛的自己。

而你跟他們不一樣，勇於嘗試失敗的你是個不斷向前進的人，沒有時間回頭去看別人。

夢想的軌跡

迷ったら好きなことに向き合おう。

如果困惑的話，就好好面對自己喜歡的事情吧！

一聽到「夢想」這個名詞的時候，有人覺得茫然，有人覺得跟自己沒有關係。

我之前在校園演講的時候，問台下的學生：「你們快要畢業了，未來出社會想要做什麼？」

有個學生跟我說：「沒有想過。」

我覺得現在的年輕人在成長的過程中，的確不太需要想這件事情。

在台灣跟日本，很多學生都有考不完的試、做不完的功課，跟著許多人

說的「你應該走這條路」的軌道走，所以不用特別去思考自己想走的路，也能夠順利地長大、從學校畢業，往自己也不知道的模糊方向前進。

你明明對○○有興趣，但是因為沒有時間，所以放棄去嘗試。

你明明喜歡○○，但是因為功課太多，所以不願認真面對自己的喜好。

沒關係，跟著大家一起走比較保險。

但我覺得這是非常危險的行為，因為從學校鋪出去的那條軌道，並不會一直延伸到你出社會，再說，到了出社會的那一刻，那個軌道會突然消失。

當它消失之後，留下來的是跟大家差不多能力、差不多喜好、差不多成績的自己。

此時，有人突然問你：「請說說看你想做什麼？」時，心裡還會覺得慌張。

這時候，我建議你重新看看自己喜歡的東西。

我從小一直喜歡畫畫、寫文章（做東西）、跳舞、太鼓（表演），還有跟爸媽「分享」自己發掘的大小事。

老師、插畫家、漫畫家、YouTuber、作家、演講者……這些喜歡的事情，後來變成我的工作與夢想。

雖然我當學生的時候沒有很棒的成績，但是後來出社會之後，讓我能夠出類拔萃的正是那些我喜歡的事情。

如果大家能夠好好地面對自己的興趣的話，應該就能夠看到適合自己的路喔！

用遊戲的心，做喜歡的事情

もっと好きなことに集中しよう

專注在喜歡的事情吧！

那一年，我和爸媽說：「爸，我要去台灣喔！」

爸爸說：「好啊，慢走！」

媽媽說：「喔，路上小心喔！」

我和好友們說：「我想去國外看看！」

他們說：「你在哪裡都可以活得很好！」

我和台灣太太說：「我想拍影片！」

太太說：「好，你想做就做！」

每次當我做出重大決定的時候，身旁重要的人絕對不會阻止我，讓我能夠自由自在地去做自己喜歡的事情。應該說我刻意在身邊留下支持我做的選擇的人。那些不認同我的人，我會慢慢地遠離他們。

這個世界有一個遊戲，就是「抓住你喜歡的事物」的遊戲。

一旦你找到了，千萬別放手！不過，這個遊戲會讓你找到寶物，也會出現形形色色的怪物，想盡辦法打擊你、妨礙你，分散你的注意力，不讓你去做那些讓你心動的事情。

這些障礙物出現之後，你要跟隨著你的好奇心去打怪、去冒險，不要停下來，持之以恆地玩下去。

喜歡一件事情的人很多，但是真的去認真追求的人不多。大多數的人忙於眼前的工作，把喜歡的事情放在旁邊。但如果你研究得比別人深，目標比別人大的話，那些喜歡的事情之後很可能成為幫助你未來事業的寶物。

這個世界是由「笨蛋」的常識所建立的

常識は何も生み出さない

常識不會產出新東西。

如果你的孩子有天突然跟你說，他想要做一個可以「飛起來的鞋子」，你的反應是如何？

「哎唷，這個傻孩子在講什麼？」

「不要鬧了，我現在在工作很忙！」

「你已經這麼大了，別說一些奇怪的話！」

「不可能」、「不要做……」你對孩子這樣說。

有些人不接受那些超過自己常識範圍的事情，認為這些是「異常」，將那些做出凡人所不能想像的事的人稱為「笨蛋」。不過，這個世界上許多的偉大發明其實都建立在常識之外喔！

雖然不想用火，但是想要晚上房間還是很亮……

想要跟地球另外一端的人聯絡……

想要載著一百個人飛越地球一千公里……

想要有台用手就可以帶著走的電腦……

如果電話、電燈、飛機、筆電……這些東西還沒有正式問世之前，講出這些話來可能會受到大多數人「違反常識」的攻擊。但是那些「笨蛋」們雖然遭受他人的質疑，仍然義無反顧地被自己的好奇心驅策，用天馬行空的想法，顛覆了原有的世界。

下一次，如果你的孩子突然提出一個異想天開的點子時，你也許可以這樣說：「好棒！我想聽聽看！」

你說好不好？

大人們先實現夢想再說

自分もできないことを人に言うな

不要要求別人連自己都做不到的事情。

之前有個台灣人在我的 Facebook 粉絲團問我：「如果你的孩子說想要當網紅的話，你會怎麼制止他？」

我當時聽不懂他的意思，幹嘛要制止呢？後來發現他認為最近很多小朋友想要當網紅是不應該的事情，爸媽應該要制止小孩，讓他們專心讀書才對。

我很想問他：「那你的小朋友想當醫生或律師，你會制止他嗎？」

不過，想想算了！能夠讓最挑剔的小朋友們喜歡，就表示這個工作的魅力不是蓋的。俗話說：「三百六十行，行行出狀元」，不管是網紅、醫生、

律師還是漫畫家，都是從人類的需求中產生的行業，都有它存在的必要性。

大人們對於某些工作往往存有一些偏見，在孩子的興趣剛開始發芽的時候，就切斷了可能性，甚至捏死孩子的好奇心之後，再問他們：「孩子，你有沒有夢想？」這真的是很奇怪的事。

有人說，現在的年輕人是沒有夢想的一代；但是我想到一件事，為什麼只有年輕人需要夢想呢？

我覺得大人也要有很多夢想才對！

大人們都是從小孩子開始，慢慢長成又高又壯的大人，照理說，大人們都應該要有更多的夢想，然後積極去追求實現才對。

嗯？你說人生很難，要看清「現實」？

你剛才不是說小孩要有夢想嗎？

難道你說的「現實」是你放棄夢想剩下的灰燼嗎？這樣的話，更不能告訴下一代，要擁有夢想啊！

嗯？你說自己曾經努力追逐過夢想，結果失敗了？失敗了又怎樣，再站起來啊！況且，誰說你要一直追求著同一個夢想呢？

嗯？你說工作太忙？

小孩子也要去上學，跟其他小朋友玩，他們也是滿忙的喔！已經長大的大人們！別再找藉口了，沒有實現夢想的你不會覺得不甘心嗎？當大人沒有為了夢想而努力，反而跟小孩說：「你要有夢想」，就太不負責任了。

孩子一定也想看到你們追求夢想的帥氣模樣啊！他們也許會羨慕，覺得自己的人生沒有夢想不行喔！

先行動再思考

行動のないアイディアには価値がない
沒有行動的點子沒有價值。

我想做一件事情的時候，考慮的時間往往很短，不問任何人的意見，馬上開始去做。

總之，先做出來再說！做了之後一定會有想修改的地方，看到什麼問題再修改就好。

有人可能會說：「你把沒有完成的東西給大家看，這樣很不專業！」

請放心，這個世界上很多最先進的東西都是沒有百分之百完成的，還處在隨時更新的狀態。你知道Facebook、YouTube、iPhone從一開始推出到現在，改變了多少？（不知道就去查Google！）

別管他人怎麼說，重要的是先把它做出來提供給別人。

很多人一直思考卻不行動，嘴裡說著：「我再準備一下、我再想一下下……」

有人想到一個很棒的點子，卻無法做出來，所以也產生不了任何價值。看到行動力強的人把點子化成實際成品之後，才講風涼話：「這個點子我也想過！」廢話！你的腦袋裡面裝的東西是沒有價值的啊。價值是你做出來後讓人欣賞，幫得上別人的忙才會產生的。

如果你也有想要做的東西、想完成的事情、想發表的文章……別猶豫！趕快生出來給大家看！做到百分之三十也可以，趕快做出來!!

自信是經驗的累積

やったことない人に「できない」っていう資格はない！

沒做過的人沒資格講「不會」！

我想告訴你，有句話是會讓你吃虧一輩子的話，就是「我不會」、「我沒做過」。遇到難題的時候，或者別人好心提供機會的時候，有人秒速回答：「我不會」、「沒做過」。這樣真的很可惜，因為你錯過了「我會」、「我做過了」的可能。

有些個性悲觀的人，說自己不可能擁有好運，帶著濾鏡看著外面的世界。他們發出了自我否定的負面訊息，讓旁邊的人聽了也找不出為什麼非要給他們機會不可的理由。結果，他們能夠得到的機會自然很少，因為他們表現給

別人看的就是沒那麼想要的樣子。

「但是我真的沒有自信啊……」

好，請問一下，你每天早上起床後刷牙ＯＫ嗎？

講不會的人應該很少。

這兩者之間有什麼關連呢？答案就是經驗，沒有什麼事是天生就會的，當你做了很多次之後就能夠得心應手。

你說難易度不同？當過小朋友都知道，刷牙這件事情非常難，要拿穩牙刷，從不同角度刷乾淨牙齒的話，必須練習很多次之後才能學會。

事實上，你現在所有會的事情：講話、走路、吃東西、穿衣服、綁鞋帶，全都是小時候的你從零開始一一克服困難後學會的事情。當時的你一邊哭、一邊勇敢地向前迎接各種挑戰，跌倒，再跌倒……終於有一天你可以走路、健步如飛地奔跑了！

小時候的你，即使面對挫敗時哭得很慘也沒有放棄。你覺得他哭泣的樣子很難看嗎？想要罵他嗎？不會吧！因為那是所有人都會經歷的事情。不要讓小時候的你看扁了，現在就去嘗試看看如何？

告訴你一個小小的技巧，當你下次想要挑戰一件事情時，請把「我不會」這句話吞下去，改成「我想試試看」！

不去想未來的事情

明日はないかもしれないから
今を必死に生きよう
也許沒有明天，
所以拚命活在現在吧！

為了將來的幸福著想，你覺得正為了工作感到痛苦的你，忍耐一下就好。你可能覺得，為了存錢，忍痛放棄你原本想要做的事情也沒關係。你可能覺得自己現在還年輕，被上司罵也ＯＫ，反正等公司的老人們都走光了之後，你就可以自由了！（拜託，現代人都很長壽的！）

沒關係，只要閉起眼睛過生活就可以。之後再想、之後再面對……

再過一年、再過兩年、再過三年，你到底要忍耐到什麼時候才會發現，

你可能明天就會死喔！

醒醒吧！你所等待的「那一天」不一定真的會到來。

這世界上沒有什麼事情是一輩子都不會改變的。

所以，我不忍耐。

今天想做的事情今天做，想吃的東西現在吃！想要的工作立刻接！不管別人說什麼，就算說我貪心、自私也無所謂，我就是什麼都想要！

你說，現在還不是時候，再等一下、想一想、考慮考慮……

難道要等到你老了，沒有辦法走路，或者走到了人生最後一刻才後悔嗎？

你不改變，你所看到的世界不會改變！

你不拒絕，明天又會是重複的一天！

你有沒有發現，你現在口中講的抱怨的話，跟去年一模一樣？

不要想像未來的事情來逃避現在面對的問題，
拜託你，搶救一下現在覺得痛苦的你吧！

學習篇

不是不會，只是還不會而已

努力という種をまけば
幸せという花が咲く
只要埋下名為努力的種子，
就能綻放出幸福的花朵。

有時候，一些粉絲會私訊給我，說：「我想學日文，但是日文很難～！」、「日文文法太難了，我不會！」、「背日文單字好辛苦！」……

這種時候，我往往不知道怎麼回答才好，因為我知道他們沒有認真地思考這個問題。

事實上我也覺得中文很難，已經學習了十年以上，還是覺得很難！

我講中文的時候曾經被人說過：「你的發音很奇怪」；有人還模仿我的腔調，然後和旁邊的人一起哈哈大笑。

影片的留言區也有人寫著：「聽不懂！你再學一下中文比較好。」還有人說我是大舌頭，一直取笑我。

我知道學習中文很辛苦，但是我不會氣餒，**因為我不是不會，只是「還不會」而已。**

挑戰一件新的事情，並且想獲得一項能力的時候，本來就是有困難的。就像嬰兒在學會走路的過程中常常會跌倒，但是他們不會放棄。「站起來好難，所以我不會！」他們沒空講這種話。

他們會在很短的時間內，不斷地跌倒，然後學會站起來。他們看起來成長得很快，其實只是遭遇了更多失敗而已。

我知道，只要我繼續跌倒的話，有一天也可以變得超厲害！

到了那一天，就沒有人會再取笑我。當然，我也跟現在一樣，沒有時間去理會那些嘲笑我的人。

嗯？你說不可能嗎？你看，你現在看的這本中文書，是曾被別人嘲笑的我寫的呢！

學校沒教的事

学ぶってこんなに楽しいんだ！
そう感じさせるのも教師の仕事だと思います。
學習就是這麼地快樂！
我覺得讓學生感覺到這件事也是教師的工作。

昨天我認識了一個在家裡自學的小朋友，他說有上網看我的影片，覺得好有趣。他還說他喜歡畫畫，長大之後也想當個 YouTuber。

哇喔，我聽了很開心。告訴他：「哈哈，你知道嗎？我之前也是沒有去學校的小朋友喔。很多去過學校的人都說不知道自己的夢想，也找不到自己喜歡做的事，現在你兩個都有，你好棒！」

我小學跟國中時大約有一半的時間都沒有去上學，有時候雖然去學校了，但是老師站在台上講的話，一句也聽不進去，因為他們教的內容，我覺得沒有聽的價值。那時教導我的老師們，真的對不起！我現在長大了也一樣覺得你們教的內容很無趣又沒意義。

從小，我就是一個喜歡問「為什麼」的孩子——

為什麼大家要一起打開課本念課文？

為什麼一定要聽老師講的話？

為什麼要寫作業？

我問：「為什麼我要學這個東西？」沒有一個老師可以回答。

他們說不出理由，所以我也沒有理由聽他們說的話。

小學的時候我一直思考，自己為什麼活著這個事情（哈）？

媽媽跟我說，我是個想很多的孩子，當時她為了不要讓我一直想，感到

十分苦惱。

IKU媽：「不要想太多！不管怎麼樣，也不會死啊～！」

IKU：「因為不會死才會煩惱啊！」

IKU媽：「嗯，有道理。對不起。」

真的是個難養的孩子。

小學的時候，媽媽被老師叫去學校，老師當著她的面問我：「你為什麼不好好念書？」

我回答：「因為你教的東西好無聊！」

那個時候，空氣一瞬之間結冰了。

最後老師說，我應該去「小兒心智科」報到（原來說話老實的人不正常）。

當時的我，每天早上一起床肚子就會痛到不行。不管怎麼樣，我想了各種辦法不要去學校（我就是對自己這麼老實的孩子）。

但是，我媽媽一次都沒有逼我去學校過，也沒有罵過我，問我為什麼不去上學？

什麼？我不用演戲，假裝肚子痛？

她說：「如果不想去上學，就告訴我你想做什麼？」

我選擇不去學校的那天，她問我：「你想去哪裡？」然後帶我去美術館、動物園、博物館、電影院等等，比學校好玩好幾倍的地方。

小小年紀的我特別喜歡去美術館，我看了梵谷、莫迪利亞尼、畢卡索、莫內的作品，然後又看著牆上莫迪利亞尼的畫，很大聲地跟媽媽說：「我比他會畫畫！」

那個時候，媽媽不知道該怎麼回答。

不去學校的日子，我擁有更多自己自由思考的時間，得到了一些學校沒有「教」的東西。

父母親幫我買了好多書，讓我在家裡看一整天的小說；他們也買了一些畫材給我，讓我可以在家裡畫一整天的畫。

媽媽除了做家事，還會跟我聊天，回答了我無限個「為什麼？」，有時候我們還會聊到半夜兩三點。

她覺得很奇怪，為什麼好奇心這麼強的孩子，卻被老師歸類為叛逆、不聽話的學生呢？

從此之後，我當然更不想去上學了，因為學校的老師不會回答我的問題，也不會讓我覺得學習是一件好玩的事情。

無聊的教科書、沒意義的分數、沒能力卻愛講大話、只會帶給學生壓力的老師們……

當我自己當了老師之後發現，如果他們真的是專業教育者的話，一定會讓孩子們喜歡上自己教導的科目才對啊！

做老師的，要對自己傳授的科目有熱情，眼睛閃閃發亮地告訴學生：

「啊！今天歡迎來到我的教室！」

為什麼他們無法做到？

為什麼他們大聲斥責學生？

為什麼他們用考試之名來逼迫學生背書？

因為他們根本不是教育者，只是碰巧拿到教師證照的職員而已。

還好，那時候媽媽讓我自己選擇不要去學校也可以。

否則，我真的會變成一隻不會思考、只能做成鵝肝的鵝。

學歷不能代表你是誰

僕と君が同じなら
僕も君もつまらない人間だ
如果我跟你一樣的話，
我跟你都是無趣的人。

這幾年來，我去了好多所高中和大學演講，在這些演講的場合中面對許多老師與學生後，我發現這個社會一直存在著只關心學歷的人們。

很多教授一見面就介紹自己從哪個大學研究所畢業，然後問我：「IKU老師，你從日本哪一所大學畢業？」

活到這個年紀，圍繞的話題還是幾十年前畢業的學校的往事，是不是他

們之後的人生都沒有發生新的事情呢？真是悲哀啊！

另外一群學生問我：「ＩＫＵ老師，我沒有好的學歷，所以對自己很沒自信怎麼辦？」、「我是私立大學畢業的，找工作的話還是國立畢業比較吃香！」

哎呦！有那麼多人都從一流的名校畢業，你從哪裡畢業已經沒有什麼差異了，重要的是知道你自己是誰、你想要做什麼吧？

如果你去一家公司應徵工作的時候，對方只因為你畢業的學校，就不讓你面試的話，那種爛公司還是不要去比較好喔！我遇過一個日本上市公司的主管，當他說哪一所大學畢業的員工比較好、學歷低的人如何如何時，我忍不住心想：「你知道你公司的創辦人沒有上高中這件事嗎？」

我看到有些家長把自己的小孩當作品牌牛一樣評比，我們家的孩子是Ａ5，他們家的孩子是Ａ4，要想辦法讓他們的成績更好……等等！你沒發

現小孩的眼神已經死了嗎？他們連自己要做什麼都忘記了！

每次有人用認真又嚴肅的語氣跟我討論學歷問題的時候，我覺得非常地無奈。我認為一個人從哪所學校畢業跟他的工作價值無關，我甚至覺得現在的古董教育已經追不上世界的變化，一直讓小孩們死背一些網路上就有的知識，對他們的未來真的有幫助嗎？

你認為：

「耶！國立大學畢業了！我這輩子可以高枕無憂了！」

「哪家公司都需要我這樣高學歷的人！」

「創業對我來說也沒問題！因為我有高學歷！」

如果你是這樣想的話，快醒醒啊！不是學歷好的人就有能力，現在很多大學付錢就可以進得去，而且你看看旁邊的人，應該有好幾個是高學歷，請問他們現在都過得很幸福嗎？

不是吧！

別以為學校教育就是人生學習的全部，你只是跟別人在同樣的地方，學了一樣的東西而已！

你在做什麼？

你想做什麼？

你的夢想是什麼？

要知道，**學歷不能代表你，是你的言語、態度、想法和人生目標，造就了現在的你；學習不限場所，它是一種不管到了幾歲，都可以讓你持續成長的生活方式。**

年輕人，不要看長輩的臉色，要懷疑他們講的常識

もし僕が夢を叶えていかなければ、子どもに夢を持てと言えない。

如果我不實現自己的夢想的話，不會對自己的小孩說你要擁有夢想。

「沒有學歷很難找好的工作吧？」有個台灣年輕人用困惑又認真的眼神看著我說。他說自己不會念書，很擔心考不上好大學，一副非常沒有自信的樣子。

嗯，好有趣！竟然問我這個小學時候曾經放棄學習，也沒有念一所好大學的人這個問題？而且我已經沒有在公司上班，他應該是非常帥氣地問

錯人了。

不過，我理解他的擔心，因為我之前也有同樣莫名其妙的不安。但是，我跟你說，**結果重於一切，就是這麼簡單。**

我之前在工作上一點一滴地累積成果後當上了公司的主管，所有的部下學歷都比我高，有台大碩士、也有日本名校出身。我當時也覺得納悶，為什麼？但是後來我想通了，是成果的差異，導致我可以當上他們的主管。

還有一件事我要告訴你，其實大家畢業之後學習的機會也變少了，所以只要你不停下來，超越學歷是很容易的！

如果你是剛踏出社會的新鮮人，在找工作時敗給了擁有高學歷的人也不用氣餒，的確有些工作是沒有學歷做不來的，但是想辦法在工作上做出比別人優秀的成果，一樣可以出人頭地。

資本主義社會是現實的，但公平的是，不管學歷如何亮眼，公司還是需要員工用實力來證明自己的價值，所以學歷不如人的你還是可以用成果大聲說話。甚至於你不用講話，那些成果數字與價值自然會告訴外面的人，你是什麼樣的人。

現在台灣跟日本同樣面臨了經濟不景氣和新冠肺炎疫情蔓延帶來的問題，很多公司都倒閉了。有些大企業在經營上採取故步自封的策略，結果被新創公司給迎頭趕上了。

時代一直在快速地改變，但不知為什麼，我們從長輩身上聽到的，依然是要走一條「穩定」的路。

他們說：「孩子，好好念書，考試考一百分，將來上個好大學、進一家大公司，生活才會穩定有保障……」這些虛幻的謊言已經快要騙不了人！

他們說：「孩子，相信我，這都是為了你好，因為我們年輕的時候就是這樣！」

也許在過去經濟大幅成長、企業賺飽飽的時代，這是真的。但是現在，企業哪有好康分給員工？加上前面太多人拿著比你多幾倍的薪水，後面進來的你根本沒有機會分一杯羹啊！

長輩們口中「穩定」的生活方式，聽起來很令人安心。但是，年輕人啊！請你張大眼睛，好好面對自己現在的困境。

這些長輩們年輕時沒有智慧型手機，網路也不發達，情況和你不一樣。再說，讓他們依靠的公司創辦人不一定會念書，不一定上過大學，而是選擇了放棄當一個每個月領死薪水的上班族，走上了跟別人不一樣的道路，才有今天的榮景。

如果你也有想做的事情、想要完成的夢想，不用看那些長輩們的臉色，也不要聽他們講的那些常識！

從別人的腦袋中學習

人の脳から欲しいものを盗め

從別人的腦袋中偷來想要的東西。

我很喜歡跟自己不同工作領域的人聊天，因為他們活在和我不同的世界，擁有我不知道的資訊。聽到那些事情的時候，我覺得特別興奮。

昨天我跟某家合作公司的老闆聊天，我問他：A 產品跟 B 產品的營業模式差異何在？製作過程特別考慮的事情是什麼？你們的競爭對手是誰？還有，你們勝出的點是什麼？這個產業未來的趨勢如何？……

我一直不停地追問：為什麼？怎麼會？怎麼做？告訴我！我想知道！

我們一邊喝酒，一邊配著他們公司的草創故事當作下酒菜。

這樣聊完之後，我像是看完了一部精采萬分的電影，一本很棒的書籍，

心裡非常地滿足。

我知道這些事情也許外面的人無法知道，這是他花了很久的時間投入這個領域，才找到的成功模式。但這些讓他覺得煩惱、懊悔過的事情，說不定他也想要分享給其他人，讓別人知道他是怎麼成功的。

好，請跟我說！我想聽你說！

我無法在很多家公司上班，沒辦法過很多種人生，或是投入跟其他人一樣的工作。但是我從他們過去成功和失敗的經驗中所汲取到的豐富智慧，全部都會變成我思考的一部分，也都會是讓我更成長茁壯的養分。

當那個你最不想要遇見的對手

ライバルに僕がいなくてよかった

還好我的對手裡面沒有我。

我在學生時代熱愛跳舞，那時有一百個左右經常在一起跳舞的朋友，但真的可以站在舞台中間跳舞的人，只有幾個人而已。

而我一直是站在舞台最中間的人。

想知道我是怎麼做到的嗎？方法只有一個，就是當那個自己最不想遇到的對手！

對我來說，那樣的人是個努力狂，每天從早到晚一直練習，中午的時候也不吃飯，一直練習。下午遇到了老師、前輩，馬上跳給他們看，問他們哪

裡需要改進。

如果這種人在身邊的話，你覺得自己有可能贏過他嗎？

當我這樣做之後很快就發現了一件事：雖然一起參加表演的人很多，但是大多數人根本不努力，他們練習時會遲到、偷懶、在一旁休息、找藉口出去玩；很快就打退堂鼓的也有，所以真正的對手其實只有幾個人而已。

所以，往後當我想要在某個領域好好發展，不管是學語言、畫畫、工作、寫文章、當 YouTuber……都會想像一個自己最不想遇到的人出現在眼前。

提升跟別人不一樣的能力

みんなと同じことしてたら
みんなと同じ人にしかなれない
一直跟大家做一樣的事情，
只能當跟大家一樣的人。

如果你想要增加一項新的技能的話，我會建議你去做身旁的人都沒有學過的事情，尤其是他們都說不容易的事情。

如果你跟著別人一起學，一起提高某樣能力的時候，很難在那個地方當第一名，而且你不在的時候，如果別人也會，你很容易就會被取代。

但是，如果你一開始就選擇跟其他人完全不一樣的路，就沒有人有辦法搶走你的地盤。

如果很多人都擁有的能力，你不會也沒有關係，交給會的人去做就好。

我在當上班族的時候，覺得 YouTuber 是個藍海，但是我發現沒有太多人想去嘗試看看，大家都說「很困難」。

那時我就明白了，這是一條可行的路，因為後面很少有人會追上來。

別用「才能」逃避現實

才能とは「ある、ない」ではなく、「育てる、育てない」です。

所謂的才能不是「有」、「沒有」，而是去「養成」、「不養成」。

剛開始做YouTube的時候，我每天熬夜剪影片（現在也是），不管上廁所、坐捷運時都馬上打開電腦剪輯影片。

剛開始的時候，有人好心地建議我：「我看你沒有才能，那樣的內容不行，我跟你說怎麼改……」

「唉呦，你已經三十歲了，不要冒險了！那是年輕人看的東西，你已經太老了！」

「當興趣就好，以後 YouTube 不紅了怎麼辦？」

「只有一部分的 YouTuber 可以賺到錢啦！」

或許他們有人是真的關心我，但是我一直心想「關你屁事啊！」，我一點都沒有認真聽進去。

那個時候我心想：「好，你站在那邊只動嘴巴看著我，我一定讓你刮目相看!!」

87啊（哭）！

接下來的日子，我想玩也不能出去玩；當其他人躺在沙發上看電視的時候，我坐在電腦前戴著耳機剪輯影片；當其他人滑手機的時候，我在路上拍影片；回日本的時候也是，就算想見爸爸媽媽與好友，也只能待在旅館裡剪影片。

啊～一開始真的很辛苦，然後過了一年後，我離開了有三百個員工的大

公司，當全職的 YouTuber，再過一年，我的頻道終於來到二十萬人，走在路上的時候，有人認出我了，我真的很開心。有次還被警察攔下來說：「我喜歡看你的影片！」（拜託！當時我不小心緊張了一下，心臟怦怦跳……）

偶爾有些人說出「ＩＫＵ老師，你很有才能」這句話時，我很想說：「我沒有才能，是靠努力撐過來的……」

但是我回道：「如果你也去做的話一定也有啊！」

他回我：「不行，我沒有才能！」

「不是我的錯，因為我沒有才能。」、「別人有才能可以做到，自己沒才能，所以沒辦法做到。」如果你也抱持這樣的想法，不需要努力，就可以宣告放棄，也不用再繼續痛苦下去了！

但是這句話真可怕，講完後讓人完全失去成長的可能性，對吧？

也許你心裡有個小小的自己說著：「我想要進步，讓我成長，給我成就感啊啊啊！」它不停地吶喊。

如果讓「但是，人家沒才能……」這種懶惰的想法覆蓋了真心話，你心裡那個小小的自己就太可憐了！

我看了看身旁那些厲害的人們，不知道他們究竟有沒有「才能」這種東西。

但是我很確定的是，如果你想要追尋夢想的話，只有一個方法：瘋狂地努力。

要努力，但是別當思考的奴隸

思考をやめて奴隷になるな
悩み動き続ける人であれ
不要放棄思考當奴隸，要當個繼續煩惱與行動的人。

從小學開始，因為大家都要上學，所以我也跟著上學；因為媽媽說要補習，所以我也去補習，好像非要拿一百分才算合格。

大人們說，想要得到好成績的話，不需要學習的事情就不要管，但是對我來說，最沒有意義的其實是在教室裡學習。

聽說沒有大學畢業，沒辦法拿到平均值的薪水，好，我也去念大學！大學畢業後，大家都去公司上班，所以我也去上班；每天在辦公室工作八小時，聽老闆講一些無聊的話，附和同事那些沒內容的話題。所謂的「社會常識」告訴我們，這是工作，覺得無意義也要表現出該有的樣子。

那些社會常識教我們不要去認真思考工作的意義，而這個不去思考的奴隸化教育其實是從小時候開始培養的。當某人想要控制別人的時候，如果其他人沒有太多的思考能力，就會比較好操控。想出這個系統的人真的好厲害！

以前的時代需要大量人力才能製作出食、衣、住、行所需的東西；再說，不是所有人都想要做自己，沒有主見、喜歡服從的人也很多，所以這個方法還是行得通的！

不過，現在科技發達，機器就能夠取代人力，勞力密集時代已經過去了。

很多工作不再需要無法思考的奴隸來做，一些大企業反而會因為想要找到不用常識思考、能夠做出一番創新事業的人而感到頭痛。

嗯？你說不管怎麼樣，還是去念大學，當個正職員工比較好？

我告訴你，根據行政院主計處二〇一九年的資料，67.72% 的勞工年薪不到五十萬元。意思就是十個人之中，七個人的年薪不到五十萬。很多人沒有到達中位數的四十九萬四千元。那些人都沒有去念大學嗎？不，根據教育部的統計，在台灣二〇一九年上大學的比例是 93.04%，將近 100% 的人都有念大學*。這個數字證實了，大學畢業生找工作時，很有可能連平均值的薪水都拿不到。

就是這樣，人們常說的穩定的路，其實一點都不穩定。

大部分的人都有高學歷，卻沒有辦法賺到錢；也有很多人一直在追求高學歷，甚至還會回到校園進修，盲目相信學歷的重要性。但當時我在台灣工

作面臨年薪不到五十萬的時候，我反而覺得這是一個機會。

那時候的我開始思考，要怎麼做才好？而我嘗試的是人人都說不行的個人創作這條路。以我現在的狀況來看，那時候的我的思考是正確的。我覺得，不只是這一條路，一定會有更多具有可能性又創新的方法。只要你不放棄思考、不斷地嘗試，一定可以看到屬於你自己、獨一無二的道路。

＊數字來源：www.storm.mg/article/3326302。

之後，我想……

何かをすることはとても苦しい
でも何もしないのはもっと苦しい
做某件事情很痛苦，
但是不做任何事情會更痛苦。

說到學習，你會想到什麼？

可能是坐在學校桌子前，死背一堆用Google就可以搜尋的知識？

如果你這樣想的話，你很有可能會討厭學習。

但是請放心，那不是學習。

偷偷告訴你，其實讓你這樣討厭學習的人們，一點都不知道學習是什麼，

他們應該連思考這件事情都沒做過。

學習是讓人享受、渴望、迷戀和追求的本能。

看看嬰兒，他們對什麼事情都充滿好奇心，一直重複著看、拿、舔的動作，接收各種外來的資訊。

如果你看到他們拿著危險的物品好奇地觀看，想要制止他們的時候，他們可能會開始大哭大鬧：「走開！不要妨礙我的學習！」

學習是每個人與生俱來的渴望，不是大人要求他們這麼做的；如果少了學習，這個世界不會有今天的繁榮和進步。

我在台灣教了一段時間的日文，發現那些日文突飛猛進的學生是我注意到他很努力之前，就已經默默用功、認真學習了。**有這樣特質的人往往學東西非常快！**

常常有人在臉書上留言給我，或者面對面地說：「老師，我之後想學日文！」我回說：「加油！」

但我心想他很有可能不會開始學，因為我不懂這個「之後」指的是什麼

意思。如果你正在考慮要不要學日文，我建議你立刻開始！不要期待「之後」的你會幫助現在的你做些什麼，未來的你不一定有時間理會過去的你。

想做的事，現在就全力以赴去做，完全不需要考慮其他的事情。

一旦你開始行動後，或許會覺得很辛苦。但是過了一段時間後，當你再回頭看看過去的自己，你知道那種感覺叫什麼嗎？

叫作成長。

別掉入正確主義的陷阱

点数で測れる程度のことは機械にやらせればいい

用分數可以測量的東西，讓機器去做就好。

在學校念書的時候，老師授課的內容、考卷上的題目都有「正確答案」，如果答錯了就會被扣分。

我認為考試是為了應付多數人而存在的，提供標準答案也無可厚非，如果把它當作無聊的小遊戲還好，但是一旦養成了「分數最重要」的價值觀可就麻煩了！

因為過度重視正確，我們會擔心做錯事情時被扣分，有些人因此患得患

失，不允許自己犯錯，也容不下別人做錯。這樣的人活得很辛苦。

其實現實生活中沒有標準答案的事情比有標準答案的多。不斷做出選擇的過程，也是一種嘗試失敗的過程。

那些一心只想追求單一標準答案的正確主義者不想失敗，不想被扣分，以為一定有答案可以遵循。他們小心翼翼地尋求正解，遲遲不願展開行動。

要知道，我們的人生不是考試，沒有人有權利替你扣分。

萬一不幸失敗了，重新來過就好。

「嘗試」，是成功最重要的關鍵。你知道畢卡索為什麼成功嗎？因為他創作了大約十五萬幅作品。而即便是一天做一個作品，累積了四十年，也做不出一萬五千個作品。

不要怕失敗，沒有失敗前，別一心只想著成功。

教育是人生的戰鬥武器

「教育」と言う名で子どもを傷つけ、悲しい思いをさせるのはやめてほしい。そんなものは教育じゃない。

請不要以「教育」之名來傷害小孩，讓他們傷心。那種東西不是教育。

在台灣大學生面前演講的時候，有個一直令我感到煩惱的事情，那就是要花多少時間來設定主題。

站在台上這麼多次，我當然有好幾個文化差異的哏可以說，可以選擇輕鬆好笑的話題，搞笑地講，一定會讓台下的學生拍手，覺得開心！我有這個自信。

但是這樣的話就像馬戲團演出一樣，不是學校應該做的事情。

有些學校老師認為這只是個固定的活動，沒有很重視，也不用心規劃，請外面的人花兩個小時，付三千兩百元的酬勞（教育部基本補助是一小時一千六百元），讓學生坐下來安靜地聽講就ＯＫ了。

我發誓，我沒有白痴到為了三千兩百元，花十幾、二十幾個小時來準備，還覺得開心。以投資報酬率來講，這是一個錯誤的選擇。

有些教授們跟我說：「ＩＫＵ老師，在其他地方說過的內容也可以，就是來學校跟學生輕鬆地聊聊天……」

這樣的話，很像是參加學校固定舉行的集會，講者的話讓學生們覺得好笑，哈哈哈！兩個小時很快地結束了，反正到了明天，他們就會忘記你說了什麼。

各位老師們，你們真的覺得這樣可以嗎？

老師們，怎麼可以說出隨意聊聊天就好的話？再說，我也是花費自己寶

貴的時間，怎麼可以隨便浪費呢？

教育可以改變一個人的一生，好的學習是可以在人生競技場上使用的戰鬥武器。所以，我們站在台上的人，一定要好好思考，該怎麼做才能夠讓年輕人拿著武器回去？

否則，學生為了什麼而來學校？學校跟老師又是為了什麼而存在？

如果身為師長的不認真面對的話，學校只會變成孩子路過的地方。

生活篇

為了自己，勇敢地逃跑吧！

嫌なら叫べ！
不想要的話就要喊出來！

做了 YouTuber 這個工作就知道，這個世界上不是每個人都是好人。明明知道對方也是人，但是有人就是會不斷找出別人脆弱的地方，用鍵盤不斷寫出令人痛苦的話。

而且我覺得流言最可怕的地方是現今這個網路時代的擴散力很強，在學校、公司或者網路上的粉絲團等，講負面話的人們很容易團結起來，找到比自己弱小的人，在看不到的地方鎖定目標、猛力地攻擊；更可怕的是他們的話常常會讓人掉入負面思考的泥淖裡，無法掙脫出來。不知有多少人因為這樣的言語暴力對人生感到絕望而輕生，失去了寶貴的生命。

如果你在某個地方，不管在學校、公司，遭遇到這些惡劣的攻擊，覺得辛苦到不行、壓力大大無法負荷、痛苦到不知道怎麼呼吸的時候，請你趕快逃走！禮貌？責任？管他的，趕快給我逃走！

這個世界最重要的人是你自己，其他人都不重要，你就是你自己的唯一。

只需在乎欣賞你的人

同じ世界にいても
見ている世界は全然違う
雖然在同樣的世界，
但是看的世界卻完全不一樣。

我知道很多人會非常在乎別人的眼光，害怕到腳會一直發抖，手心莫名地流汗。他們很害怕被別人說什麼，因此默默吞下眼前的問題，不敢付諸行動。我有一段時間也是這樣，因為在意別人的眼光，以為不講話就不會造成損失，不敢去做自己真正想做的事情。

但是當我慢慢嘗試別管別人怎麼想，自私地追求自己一直想要做的事情

後發現，真的不需要去在乎別人的眼光。因為不管你做什麼，一定會有兩派說法，有人支持地說好，也有人會批評說不好。

有人會說：「我想繼續看你做的東西！你很棒！」

有人會說：「我不想看你做的東西！你做得很爛！」

這表示什麼？代表你有在行動，然後這些人真的看到你了。

如果你沒做什麼事情的話，不會有人在乎你，也不會有人注視你。所以引起別人的討論，要覺得開心才是。但是我建議你，只需在乎欣賞你的人，只聽讚美你的話就好（我就是這樣！）。

有人酸你、罵你的時候，你要知道那不一定是你的問題。

不騙你，有些人的眼睛是只會看不好的地方，有些人的嘴巴只會講不好的事情。那些人即使去有很漂亮風景的公園也會說「你看！這裡有很多蟲、那邊有狗屎」、「附近連間便利商店都沒有，很不方便」之類的話。

我認為那些一直講不好聽的話的人是很寂寞的。如果真的不喜歡你的話，只看他們喜歡的地方就好，不是嗎？但是他們不僅花時間看你做的東西，最後還留言是為了什麼？這是因為他們希望有人注意到他們、在乎他們。除了講一些難聽的話之外，他們不知道用什麼方式來刷存在感。

開始行動、面對自己挑戰的你，現在的你是非常勇敢的。因為你知道現在的努力，對未來的人生非常珍貴。繼續往下走之後，有可能遇到連自己都想像不到的、有趣的事情。你的努力，有可能讓你有了更多的自信；這麼棒的你，不值得去看那些抱持垃圾觀念的廢物，你要繼續往前走。

因為在意你的看法，所以嘴你。

但是請放心，如果你不理會的話，他們很快就會走開的！

面對討厭的人

嫌いな奴のことは
小さくて可愛い動物だと思え

把討厭的人想成又小又可愛的動物。

生活中一定會遇到討厭的人，為什麼討厭不知道，但是你們一直都合不來；只要他一講什麼，你就覺得非常生氣。

這世界上有這麼多人，認識這樣的人也是難免的。

相信在職場裡，一定會有好幾個跟你不合的人。說真的，跟他們一起工作的時候會覺得心累，壓力很大。

怎麼辦才好呢？一直把他的事情放在心裡？抱怨給其他的朋友聽？或者跟他大吵一架？我的選擇是完全不去關心他，徹底不理會他。因為我不強求

跟所有的人當朋友。

我們的心就像是一個房間，如果一直把討厭的東西塞進自己的房間，住在房間裡面的人一定會覺得痛苦吧？所以，不妨把自己的房間整理一下，不要將那些討厭的人事物留在身邊。

如果可以的話，不需要勉強跟對方做朋友，直接切斷關係就好。

但是一定會有人說：「ＩＫＵ老師，如果對方是我同事的話，怎麼辦？我們每天都會見到面，沒辦法一直不理他啊！也不能不跟他講話。」

嗯，這樣的狀況當然有，我建議你，可以把他想像成很可愛的小動物，小小隻、聲音高高的那種。然後想像他可愛的尾巴搖來搖去，一直叫一直叫（聲音很高亢）的模樣，但是你完全聽不懂他在講什麼，只知道「今天他的叫聲好大啊～」

下次看見他的時候，心想著：「哎呦～怎麼辦～！討～厭～！好口愛！」

這樣想（我是認真的）的話，可能有人覺得我是個不懷好意的人？沒關係，我就是這樣，會把奇怪的人當作是新品種的動物，因為我跟他不同族類，所以聽不懂彼此的話也是正常的。

如果這樣還是不行的話，建議你不要一直待在同樣的地方，面對同樣的問題。

離開也許是最好的方法，你的人生很寶貴，不要浪費在不重要的人身上！

渺小到幾乎不存在的人

道端のゴミを相手にするな。

不要在乎路邊的垃圾。

最近很多新聞提到網路霸凌，我在經營 Facebook、當 YouTuber 的過程中也常常遇到酸民的攻擊。

當別人跟自己腦中認定的想法不一樣的時候，有些人會選擇去攻擊對方，也就是我們說的「酸民」。例如當有個藝人出軌、使用暴力的新聞出現的時候，酸民就會聚集起來，開始用很難聽的話，甚至是髒話去抨擊那些人。

我看了腦科學學者寫的一本書，他說這個行為其實跟我們腦部的構造有關係，當你說出這些話的時候，會讓你的腦部感到快樂，同時因為認為自己

站在「正義」的一方，所以更加理直氣壯。但是做出這個行為的出發點，最終其實是為了要讓自己感到舒暢、快樂，並不是為了要讓這個世界更好。

透過攻擊別人、讓別人受傷，最後獲得快樂，這樣不是一種自私、錯誤且病態的表現嗎？

看到一些公眾人物的私生活報導，我認為正常的人應該有兩種反應，一種是考慮對方的心情，或者去思考為什麼他會這樣做？另一種可能是認為「這個人外遇跟我有什麼關係？」、「這則新聞重要嗎？」、「我為什麼要浪費這麼多時間注意？」。

不需要特意去攻擊別人，這不是所謂的「正義」。

我曾在另外一本日文書中看到，日本的某項研究找了約兩萬個人一起參與調查後發現，這些人裡面會做網路攻擊、當網路酸民的人，只有約 0.47%，可以說是完全不值得被關注的群體。但由於他們的行為跟正常人不同，所以他們說出那些難聽的話後全部都被放大。

每當有人來問我想要當一位網路創作者，卻又害怕酸民怎麼辦？我認為

他們不是很大的群體，是不值得被關注的人，當他們不存在就好。

對於網路創作者來說，創作出來的內容一定會有肯定你跟不肯定你的人，肯定你的會留下來訂閱、留言成為你的觀眾，不肯定的自然會離開。每個人都有自由選擇的權利，那些不肯定你又故意留下來的人可能是病態的，要關注他們的不是你，是醫院的醫生！

如果你感受到壓力與痛苦時，一定要尋求身邊朋友的幫助，不要自己一個人承受。有問題的是那些在網路霸凌你的人，我認為這些人其實是很可憐的，浪費了很多生活中美好的事物。

在學校裡，有的小朋友因為家庭因素無法受到父母的呵護，只能透過欺負同學獲得關注；許多酸民在自己的生活中得不到成就感，找不到快樂的事物，最後只能透過在網路上的攻擊與謾罵，引人注意。

寫的人是怎樣的人，就會寫出怎樣的文字，就像鏡子一樣，有散播開心的人，讓我覺得溫柔的人，也有散播悲傷與憤怒的人。那些在網路上進行語言暴力、霸凌的酸民，雖然現在看起來不會受到任何懲罰，但不代表未來也

一樣不需要為這些行為負責或是接受法律制裁，都是有可能的。

網路創作者們，不需要為了酸民低頭，你們創作出來的價值是很高的，不需要去在乎那些渺小到幾乎不存在的人。

放下抱怨的垃圾，好臭！

ゴミみたいな選択をしているのは、
他人じゃない君自身だ
做像垃圾一樣選擇的人不是別人，是你自己。

有些人在身邊發現了一個小問題，就會開始抱怨，一直講一直講，講到他爽為止。

如果你有這個習慣，建議你馬上改變，之後一句抱怨的話也不要說。

你可能會說自己遇到了像垃圾一樣的事情，覺得自己超倒楣，而那些問題都不是自己的錯。

人活著多少都會遇到不好的事情，但你有發現嗎？當你一直在講那些事情的時候，對旁邊的人來說，就像你手裡抱著垃圾，那個垃圾的味道也都沾

到你的身上。而且不只這樣，你還給大家看那個垃圾，「快看！我拿著垃圾！這個垃圾很臭！」

87，趕快放下來！

旁邊的人一開始跟你說，不要一直拿著垃圾，丟掉比較好。

但是你不肯，還是站在同樣的地方，發著一樣的牢騷。

我告訴你，不是你的遭遇特別不幸，或是運氣特別不好，是因為你一直抱著垃圾不放。

我的英雄是細菌人

僕はバイキンマンになりたい

我想當細菌人。

《麵包超人》是我小時候經常看的卡通，但是這部卡通裡我最喜歡的不是主角麵包超人，而是反派的細菌人。

為什麼呢？因為我覺得細菌人比較有魅力，他對自己的慾望非常老實，有想吃、好吃的東西就會去吃，想要拿的東西就去拿。

他為了達成自己的慾望，使用各式各樣的道具，開發新的機器，付出非常多的努力。而且我最佩服的是他就算一直失敗也不會放棄，總是會再站起來挑戰下去，被打、被討厭，自己一個人都不會放棄。

看起來很和平的世界裡面，只有他在渴望：

我要你的東西！

我要吃！

我很厲害！

當然，從別人手上搶東西不對，但是我從細菌人的身上學習到很多事情。我很欣賞他的人生態度：喜歡的東西就說喜歡，討厭的東西說討厭，比較像是一個「人」的感覺。

麵包超人的作者柳賴嵩，曾經歷過沒東西吃的戰亂時代，好不容易在三十四歲出道成為漫畫家，但一直都沒有紅起來。到了五十四歲他才畫出麵包超人的雛形，不過只有小孩子支持他，最終在六十九歲將《麵包超人》動漫化。

他真的是非常努力地堅持作畫，我們才能看到這麼棒的作品。這部動畫主題曲歌詞也是由柳賴嵩親自寫的，歌詞中的一段是這樣的：

「何のために生まれて、何をして生きるのか、答えられないなんて、そんなのはいやだ！」

「何のために生まれて」（為了什麼而誕生）
「何をして生きるのか」（為了做什麼而活著）
「答えられないなんて」（竟然回答不出來）
「そんなのはいやだ！」（我不想要這樣！）
由此看出他想透過麵包超人傳達的生活哲學。

你問我覺得麵包超人如何？嗯～我對他沒有興趣。
為了大家！
我喜歡大家！
大家喜歡他！
他也愛大家！

大家辛苦的時候，他來了就沒問題！

嗯，很無聊！而且我不喜歡依賴別人的生活。

我還是想要當那個即使覺得孤獨也會努力追求夢想的細菌人。

十年後的風景

とにかく必死にやれば何かが起きる

不管怎樣，拚命做下去的話就會發生某件事。

十年前的我對台灣的印象幾乎是零，不知道有關台灣的任何事情（唯一印象是從赤塚不二夫的漫畫中得知台灣的香蕉很好吃），一個人提著簡單的行李就抵達桃園國際機場了。

十年前的我不會中文，不認識任何台灣人，不知道台北一〇一怎麼走，但那個時候覺得一切都很新鮮、很好玩。

我在旅途中遇見了我現在的太太，當時她還是一個女大學生，她和我說屏東鵝鑾鼻的日出很美，但我走了六小時以上的時間，看到的卻是陰天（笑）。

十多年後的現在，我成為台灣人的女婿，台灣很多地方都變成我熟悉的日常風景。我會講中文，也認識了很多人，去過很多地方，還是覺得這裡刺激又好玩。

令人想不到的是，十年後我竟然可以和桃園國際機場合作，他們將我製作的影片在電視牆上播放。每次我出國、回國的時候看到自己的畫面出現時都覺得「哇，真是有趣！」

接下來我的人生風景會是怎樣呢？

我好想知道……

沒事！是你的思考出了問題

人も国も、いいところを見ようよ。
人也是、國家也是，要看優點吧！

「ＩＫＵ老師，你習不習慣台灣的生活？你對台日之間的文化差異有什麼看法？」

不管是媒體採訪、去大學演講，或是新認識的台灣朋友們都很喜歡問這個問題，我不知道已經回答了多少次，看來大家都很期待我講出不能適應的地方。

其實我也想要回應大家的期待，但是很可惜地，想了很久，也想不出讓我覺得有壓力、覺得不舒服的事情。

台灣的天氣很熱、交通很亂、有些人喜歡隨便丟棄菸蒂？不對，這不至

於造成我的壓力。但是有些住在台灣的日本朋友、住在日本的台灣朋友，總是不停抱怨他們居住的城市，給自己帶來了壓力，最後身體也變得不好。

當然，有人像我一樣，不管居住在哪裡，都不會感受到壓力，可以隨遇而安。

我認為這不是哪個國家的問題，而是和一個人的思考模式有關。例如在公園小朋友跑來跑去，有人覺得很可愛，有人則會覺得吵死了！

面對壓力，我覺得重點是要知道原因來自於自己，是自己的思考系統發生了問題，所以一直抱怨也沒有用。

如果你覺得不舒服、覺得痛苦，已經到了無法忍受的地步，暫時離開比較好，不要繼續待在那裡，忍耐下去也不會有好事發生，不如先離開吧！

這時你可能會聽到「你不懂啦！」、「我就是沒辦法啊！」的聲音出現，「為什麼你們不了解我？為什麼大家都不懂我的感受？」、「啊！只有我可

憐！」

請問你有想過辦法嗎？

在國外生活時，你面對的是不同文化、不同歷史背景的人，你們本來就是不一樣的。你連自己國家的鄰居都不了解，怎能指望其他國家的人了解你？

其實在國外、國內生活都一樣，遇到不一樣的人、不一樣的事情是理所當然的。看到這些不一樣的人事物的時候，我都會覺得「喔，好有趣！」

就像台灣滿街都是的珍珠奶茶店，如果買了這家的珍奶覺得不好喝的話，那就換一家！用這樣的心情享受當下，不是比較快樂嗎？

緊張時來個深呼吸吧！

自分のペースに相手をひきこめ

把對方拉進自己的節奏。

我的職業是 YouTuber，所以有些人不相信我本來是非常容易緊張的人。

當我想講的事情太多時，腦袋往往無法思考整理，變得結結巴巴，不敢看對方的眼睛。

即使現在也是如此，我跟別人講話的時候會莫名地發抖。

告訴大家幾個容易緊張的我用來克服緊張的方法。

(1)偷偷練習

我知道明天會緊張的時候，例如跟大人物見面、演講、參加座談會等等，就會一個人偷偷地練習。練習的方法很簡單，只是戴著耳機，一直重複要講的話而已。有時候是面對牆壁，有時候是散步的時候，一直講一直講來做好準備。

(2)開個小玩笑

談公事的時候，你可能認為正式一點比較好。但我的想法不一樣，如果一開始太正式的話，後面會找不到放鬆氣氛的機會。所以一開始不妨表現給對方看你平常放鬆的樣子。

不管多麼認真的會議也要找機會開個小玩笑。一旦對方笑了，就是我贏了。我可以更輕鬆地 hold 住那個場合。

（3）露出笑容

緊張的時候，一臉嚴肅的表情不太好。對方可能會誤會，認為你覺得他講的話很無聊。就算假的也可以，要以開心的笑容笑給對方看。這樣一來，對方會認為你對他有興趣，就可以替現場製造一些歡樂的氣氛。

（4）深呼吸，講「我會」

進入會場之前，先去廁所伸個懶腰，再來個「超級慢」的深呼吸，大約慢慢吸氣15～20秒，吸到無法再吸的時候就停住，接著再緩緩吐氣15～20秒，重複做幾遍，直到可以講出「我可以的！」為止。

這些事情是我平常會做的練習。當然，事前準備很重要，之後就放寬

心，反正失敗也不會死（笑）。如果這個場合沒有你想的那麼完美也沒有關係，因為有了這次經驗，下一次就輕鬆多了。當作是下一場演出的暖身就好。

什麼？謝謝要說三次！

笑顔ではっきり言おう「ありがとうございます！」
帶著笑容好好地說：「謝謝你！」

我常常收到一些網友來信詢問我，他們很喜歡日本的文化，想要認識更多日本人，但是要如何跟日本人交朋友呢？不管是在日本留學或是在日本工作的人，難免都會碰到文化差異的問題，跟日本人聊天的時候，要怎樣才不會造成對方的尷尬，讓你可以在日本同事或日本朋友面前留下好印象呢？

日本人是個重視禮貌（假仙）的民族，在日劇中、或是去日本旅行時，你應該經常聽到日本人把「すみません」（對不起）掛在嘴上，但不管是日常生活，或者職場中和日本人相處時，「謝謝」其實比「對不起」來得更重要。

如果你說出「對不起、不好意思～」頻率太高的話，有可能會讓人覺得你是一個不太可靠、沒有自信的人。在職場的話也會讓同事留下你是不是經常犯錯的印象。所以，「對不起」只要在適當的時候使用就可以，不要經常使用。

但是可以更多使用的是謝謝。我在日本工作的時候，問別人事情，我會說三次的謝謝。第一次是請求對方提供協助的時候，當對方同意之後，先說一次謝謝；第二次是對方提供協助的當下，一定要記得說謝謝；第三次是從對方身上獲得幫助之後，往往會買瓶罐裝咖啡等當作小回禮，此時再次誠懇地感謝對方的幫忙，告訴他自己之後也會繼續加油，如果還有不懂的地方可能需要他的幫助。

只要好好地說謝謝，我覺得對方心目中可以留下好印象。如果過程中忘記說謝謝的話，有可能會讓對方覺得，你花費了我那麼多寶貴的時間，為什

麼連感謝的心意都沒有？這樣可就失禮了！

在日本職場中很重視長幼有序，千萬不要認為前輩有義務教導你，或者指導你是理所當然的事情。如果遇到後輩有問題的時候，他們第一個想法是你沒有主動詢問他人、尋求幫助；或者你不是一個會讓人想主動教導你的人，所以在職場上跟同事們保持良好的互動關係，是非常重要的喔！

在台灣生活無法習慣的事情

話したいことは話せるうちにしよう

想跟對方講的話，趁著彼此可以交談時好好說。

在台灣生活的時間，不知不覺地已占據了我人生中的三分之一時間。

很多人問我在台灣有沒有什麼不習慣的事情？遇到最大的困難是什麼？對我來說，每個階段的問題都不一樣，一開始對很多外國人來說「語言」會是很大的問題，或者對於食物、住宿、交通、風土民情……等覺得不適應的人很多。但我自己是沒有太多感覺，住在不同的國家會有差異本來就是應該的，何必大驚小怪？

我一直認為，「差異」是很好玩的東西，人與人之間因為不一樣才有趣。我跟你的個性不一樣，所以我想認識你；中文跟我的母語不一樣，所以

我想學看看：**認識他人就是認識自己，看到彼此的差異，更能夠了解自己是個什麼樣的人。**

因為距離，也讓我看清了一些事情；要是距離太近的話，反而看不到最重要的事。在台灣生活之後，我漸漸地看出自己生長的日本有哪裡不一樣，也是一種收穫。

我在台灣生活時最大的困擾是不能常常陪伴爸爸媽媽，到了這個年紀就知道，人生有限，要珍惜和家人在一起的時光。

之前當上班族時無法經常回日本，為了這件事情煩惱了好一陣子。但是當了 YouTuber 後，可以常常回去日本找他們，他們到台灣旅行時，我們也會一起拍攝影片，他們玩得很開心呢！

嗯，趁現在還來得及的時候，我想跟他們多聊一聊，一起喝杯酒，創造更多幸福的回憶。

台灣很棒！這裡有全世界最親切的人

他の人がどうなのかじゃなく、自分がどうするかだ

不是別人怎樣，是自己要怎樣。

我從日本來到台灣已度過了十一個年頭，不知道為什麼，跟某些人聊到台灣的話題時，有一派的人會跟我說：「台灣的政府很糟、台灣的公司很糟、台灣媒體很爛、台灣人很爛……」

嗯，老實說，從某個角度來看，我覺得台灣確實有一些不太好的地方，但很多台灣人都讚美的日本也是一樣的情況。日本也有很多糟糕的地方，不管是政治、企業、媒體和人，從某個角度來看都超級爛！

那些喜歡日本的台灣人、哈日族，難道是他們的眼睛有問題嗎？不是的！而是關注的人把焦點放在哪裡？嘴巴想要講的是什麼？說到台灣，我認識的很多外國人都說這裡是一個很棒的地方：在台灣旅行的觀光客，有超高機率在街上遇到願意主動地熱心幫助他們的人。

許多生活在台灣的外國人一定都感受過親切的人情味。親切的台灣人、美味的小籠包、珍珠奶茶、鳳梨、芒果、荔枝……這些都是日本沒有的。

此外，我覺得台灣最大的魅力是包容，相較之下，有些日本人對外國人或者外國文化沒那麼友善。台灣人不僅對外來文化的接受度非常高，聊了幾句之後就會知道對方是真心地歡迎我。

還記得我跟太太的台灣家人第一次見面的時候，心裡緊張得要死！但是

她的爸爸媽媽、阿嬤、姊妹馬上就伸出手歡迎我這個不會講中文的外國人。

台灣有非常好的一面，我們住在台灣的很多外國人都感受到了。

那些一直罵台灣是鬼島的人該醒醒了，不要被別人偏激的思想給煽動了！否則，不是這個土地有問題，是你的眼睛有問題。

別笑著販賣別人的痛苦

人の悲しみを笑顔で拡散するな

不要笑著把別人的痛苦擴散出去。

有天我打開電視，正好新聞台在播報有人出車禍的新聞，螢幕上出現了發生車禍的那一瞬間，駕駛人以慢動作飛到天上的畫面，然後記者以一種冷靜客觀的語氣說他不幸走掉了。

充滿血腥的畫面、哭泣的家屬以及他們痛苦的發言……在螢光幕中連續播放了好幾次。

我不會說是哪一家電視台，但他們非常認真地在報導這個血腥又令人悲傷的畫面。我覺得他們做的已經不是單純的新聞報導，而是把一般交通事故刻意包裝得血腥，讓被害者更可憐；然後一直播、一直播。

我真的覺得很噁心，出了車禍飛到上面的人有那麼好看嗎？哭泣的受害家屬有那麼好拍嗎？

我不看那些節目，也不支持這些人。

但是習慣這些事情的大家要小心，你看的不是連續劇、電影裡的畫面，是真的有人在哭、有人家裡的孩子走掉的事實，那些畫面實在太殘忍了！

死亡的那一瞬間拍到了嗎？再近一點！快拍下他的眼淚！拍下他的叫罵聲！誇大一點！

趕快播！別家已經播出來也沒關係！我們也要!!

我在意的是，為什麼會有那麼多人支持他們，讓這些人可以一直拍下去？如果這些人是你的家人，你忍心拍下去嗎？

可悲的是，越可憐、越悲傷、越痛苦的事情，似乎讓人有種上癮的感覺，很容易就散播出去。

而那些人利用別人的眼淚，放大他人的痛苦，只為了賺取更高的收視率。

開箱不完的人生禮物

娘と一緒に成長しようと思います。

我想要跟著女兒一起成長。

去年聖誕節我收到了一個很軟很軟的禮物，有趣的是這個禮物越長越大，她一直不停地灌輸我新的知識，不斷給我開心和大量的擔心。

時間一天一天過去，我慢慢了解更多她的事情。

我很難想像現在連打嗝都不會的她，以後怎麼會唱歌、跳舞呢？

嗯，看來真的會有開箱不完的禮物呢！

所有的事情一開始是最難的，對於剛出生的女兒 Puchi 來說，要適應新的生活很吃力，所以喝奶、打嗝的動作，她都是拚命去做。

第一次做父母的我們同樣手忙腳亂，抱她、替她換尿布、包包巾、餵她喝奶、吐奶、哄她睡覺……照顧她的日常大小事都無法用一隻手來搞定，需要雙手才行。

新生兒的脖子還不穩定，手腳細細的，皮膚也很敏感，連擦屁股都要很小心……不過，重點來了！如果我們的動作太慢的時候她就會哇哇大哭！

自己喝水很簡單，沒想到餵奶這麼難！

自己打嗝很簡單，沒想到讓別人打嗝這麼難！

我以為自己活了三十多年，應該知道不少的事情，不過在跟Puchi的互動中完全被否決了呢！（小師父，謝謝妳，受教了！）

孩子，聽我說，有件殘酷的事情我要告訴妳，妳再哭也沒有用，因為我當新手爸爸也才兩天而已，怎麼做都不可能立刻就上手。

聽美國的一位學者說，一件事情做到專業大概需要一萬個小時（俗稱「一

萬小時定律」），10,000÷24小時＝416日。雖然每個人成長的速度不太一樣，但我們彼此熟悉的話至少也要一年以上的時間。

結論來了，孩子，請用力地哭吧！

但是請放心，我一定會好好學習，再多練習個一千次之後就會更熟練了！讓妳換尿布時覺得舒服，也不會再讓妳哭。

妳看，我今天換尿布是不是比昨天好多了？

別以為只有妳在成長，爸爸也會變得更厲害喔！

給女兒的悄悄話

一緒に楽しいことたくさんしようね。

一起做很多有趣的事情吧！

嗨，初次見面，我的女兒！

還沒有名字的妳，之前好幾次產檢的時候，妳都沒有給我們看到臉。（幹得好！之前故意不給我們看，讓我們的期待一天天地越來越大。）

女兒，知道了妳的事情之後，我一天比一天開心，妳帶給了我很多很多快樂。妳在太太的肚子裡時，我們每天都小心翼翼地生活，叮嚀太太不要拿太重的東西，不要走太久。

出生之後，終於看到妳的臉了。（妳是為了讓我們開心，故意讓我們等很久對吧？）

第一次看到妳的臉，我很開心地拿出畫筆畫下妳的肖像。

但是，當我把畫拿給太太看之後，她說：「畫得很棒！只是有一個地方……」

我寫錯字了。馬上擦掉修改，哈哈！

不過沒關係，趁這個機會我想告訴妳，遇到這種失敗的時候要怎麼面對？我的方法很簡單，就是不要因為失敗而停下來。

如果停下來的話，結果還是失敗。

但是不停下來的話，失敗就會變成過程。

人生不會有等妳擦乾眼淚的時間，所以，馬上擦掉失敗的部分，再重新開始就可以。再說，這些擦肩而過的失敗，會讓妳的人生變得更精采。

有了妳之後，我懂得生命非常脆弱，我們能夠每天一起醒過來，是一件多麼幸運的事。

往後的日子，不管妳想不想要，這個世界一定會給妳很多很多的開心，

妳會遇到連我都沒有遇過的快樂的事情。那時候，如果我在妳身邊的話，我想看妳笑得開心的樣子，我會跟妳一起微笑。

不管妳有沒有準備好，這個世界也一定會給妳很多很多的悲傷，妳會失去即使放聲大哭，也挽回不了的東西。

到時候，如果我在妳的旁邊的話，我想聽妳說話，和妳感受同樣的悲傷。

女兒，我不知道自己可以為妳做些什麼？

也許我不能天天做讓妳快樂的事情，也沒辦法提供妳化解悲傷的特效藥。

如果可以，我想一直待在妳的旁邊，看妳快樂的樣子，聽妳說悲傷的故事。

女兒，妳知道嗎？

從小時候爸爸就很喜歡畫畫，長大之後還是一直在畫畫，

等妳長大後我們一起畫畫吧！

等妳喔，孩子！

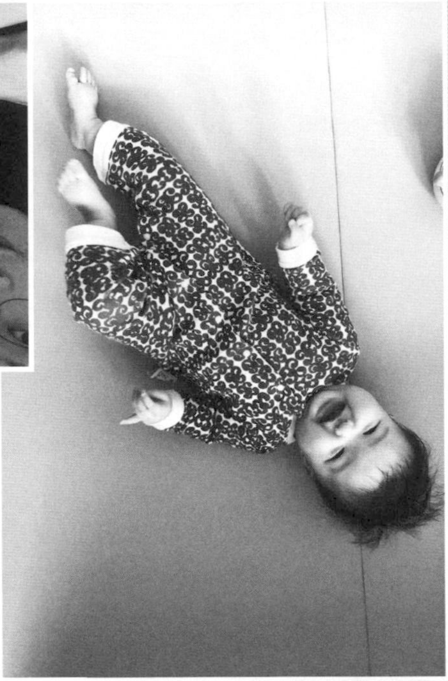

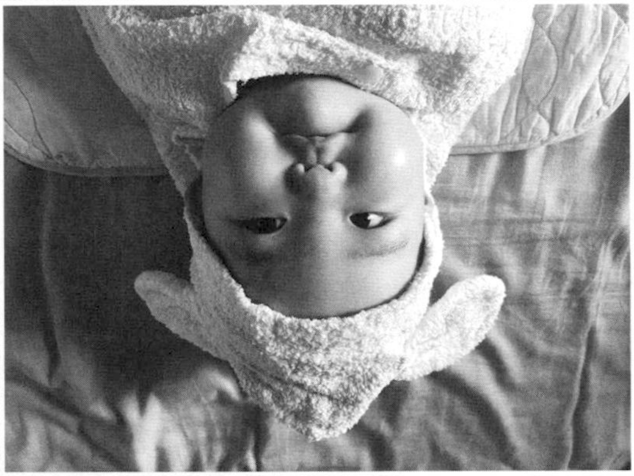

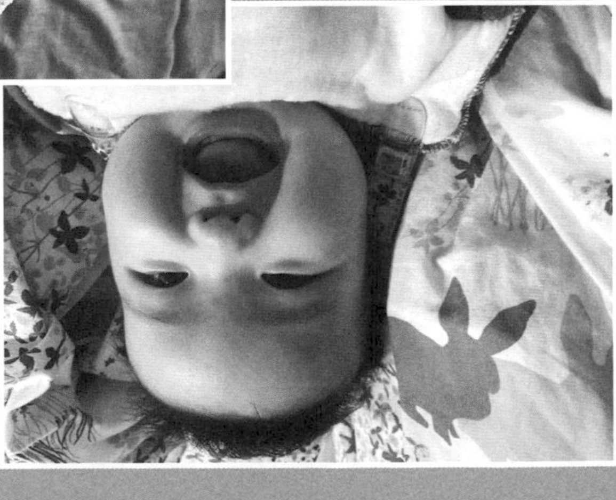

國家圖書館出版品預行編目資料

管他的,走你自己的路!:Iku老師的「YES!OK!GO!」人生哲學 /Iku 老師著 . -- 初版 . -- 臺北市:平裝本出版有限公司, 2021.07
面; 公分 . --(平裝本叢書;第 523 種)(iCON ; 58)
ISBN 978-986-06301-8-3(平裝)

1. 人生哲學

191.9 110009790

平裝本叢書第 523 種
iCON 58

管他的,走你自己的路!

Iku老師的「YES!OK!GO!」人生哲學

作　　者—Iku 老師
發 行 人—平雲
出版發行—平裝本出版有限公司
台北市敦化北路 120 巷 50 號
電話◎ 02-2716-8888
郵撥帳號◎ 18999606 號
皇冠出版社(香港)有限公司
香港銅鑼灣道 180 號百樂商業中心
19 字樓 1903 室
電話◎ 2529-1778　傳真◎ 2527-0904
總 編 輯—龔橞甄
責任編輯—陳怡蓁
封面設計—葉馥儀
內文設計—李偉涵
著作完成日期— 2021 年 3 月
初版一刷日期— 2021 年 7 月
法律顧問—王惠光律師

讀者服務傳真專線◎ 02-27150507
電腦編號◎ 417058
ISBN ◎ 978-986-06301-8-3
Printed in Taiwan
本書定價◎新台幣 320 元 / 港幣 107 元

國家圖書館出版品預行編目資料

帶自己，去更好的地方 / 角子 著 .--- 初版 .-- 臺北市：平裝本．2018.1 面；公分（平裝本叢書；第457 種）（角子作品集；3）
ISBN 978-986-95699-2-7（平裝）

855　　106021746

平裝本叢書第 457 種
角子作品集 03

帶自己，去更好的地方

作　　者—角子
發 行 人—平雲
出版發行—平裝本出版有限公司
台北市敦化北路 120 巷 50 號
電話◎ 02-2716-8888
郵撥帳號◎ 18999606 號
皇冠出版社（香港）有限公司
香港銅鑼灣道 180 號百樂商業中心
19 字樓 1903 室
電話◎ 2529-1778　傳真◎ 2527-0904
總 編 輯—許婷婷
美術設計—今叨
著作完成日期— 2017 年 11 月
初版一刷日期— 2018 年 01 月
初版十九刷日期— 2023 年 04 月
法律顧問—王惠光律師

讀者服務傳真專線◎ 02-27150507
電腦編號◎ 417048
ISBN ◎ 978-986-95699-2-7
Printed in Taiwan
本書定價◎新台幣 280 元 / 港幣 93 元